河出文庫

ヌメロ・ゼロ

ウンベルト・エーコ
中山エツコ訳

JN228950

kawade bunko

河出書房新社

ヌメロ・ゼロ　目次

ヌメロ・ゼロ

アニータに

ただ結びつけさえすれば！

E・M・フォースター

1　一九九二年六月六日　土曜日　午前八時

　今朝は蛇口から水が出なかった。

グロ、グロ。赤ん坊のゲップみたいなのが二度出ただけで、それきりだ。

　隣家のドアをノックした。彼らのところでは別に問題はない。止水栓《しすいせん》のハンドルを閉めたんじゃないんですか、と隣家の奥さん。私が？　止水栓なんて、どこにあるかも知らないんですよ。ここにきて間もないし家に戻るのは夜だし。まあ、でも一週間家を空けるときにも水道もガスも閉めないんですか。ええ、閉めません。なんて不用心な。ちょっとお宅に上がらせてください、私が教えますから。

　彼女は流しの下の戸棚を開けると、なにやら動かした。すると水が出てきた。ほらね。お閉めになったんですよ。いやあ、すみませんでした、ぼんやりで。ほんとに、あなたがたシングルは！　こう言って、隣家の奥さんは出て行った。今や奥さんも英語を使うのだ。

神経よ、落ち着け。ポルターガイストなんて存在しないのだ。映画の中だけの話だ。それに、夢遊病でもない。無意識に夜中に歩いたにせよ、止水栓のありかなど知らなかった。知っていたら、目が覚めているときに閉めていた。シャワーの水がしっかり止まらず、ポタポタ落ちる水音のおかげで眠れぬ夜をすごす羽目になることもあるのだ。まるでヴァルデモッサ*にいるみたいだ。実際、夜中によく目を覚ましては起き上がり、あの呪わしい滴の音が聞こえないように、バスルームと寝室のドアを閉めに行く。

たとえば、電気の接触のせいというのもあり得ないし（ハンドルというのは、その名の通りハンド、手で動かすものなのだ）、ネズミのせいでもない。たまたまそこを通ったところで、ネズミにはあの装置を動かせるような力はない。昔ながらの鉄の輪で（このアパートについているものはすべて、少なくとも五十年前のものだ）、おまけに錆《さ》びついている。つまり、閉めるには手が必要なのだ、人間の手が。この家には、モルグ街の大猿**が入ってこられるような暖炉だってない。

落ち着いて考えてみろ。結果には必ず原因がある。少なくとも、そう言うではないか。まず奇蹟《きせき》は除外する。どう考えても、神が我が家のシャワーのことなど気にかける理由はない。シャワーは紅海ではないのだ。ごくふつうの結果にはごくふつうの原因だ。夕べは、寝る前にコップ一杯の水でスティルノックスを一錠飲んだ。つまり、そのときまで水はまだ出たのだ。が、今朝はもう出なかった。ということは、ワトソンくん、止水栓は夜中に閉められたのだ、きみではない誰かの手で。何者かが、ひとりだか何人だかが家に侵入し、自分たちのたてる物音より（完璧な忍び足だったのだ）、雨だれの前奏曲がこちらの目を覚ましてしまうのではないかと恐れた。水音はおそらく彼ら自身の神経にも障って、一体全体どうしてあいつは目を覚まさないのかとも考えた。そこで、小賢《こざか》しくも、我が隣人もやったであろうことをした。水を止めたのだ。

それから？　本はいつもながらの散らかりようで、世界中の諜報部が忍び込んでページをめくっていったとしても、こちらは気づかないだろう。引き出しの中をのぞいたり、戸棚を開けてみたって無駄なことだ。今の世の中、何かを探そうと思ってやることはただひとつ。コンピュータの中を探ること。おそらく、時間を無駄にせずに全部すっかりコピーして去っていったのだ。そしてきっと今ごろ、ありったけの文書を開いてみて、コンピュータの中には彼らの欲しいようなものは何ひとつないことに気

＊ショパンが「雨だれの前奏曲」を作曲したマヨルカ島の村。
＊＊エドガー・アラン・ポー『モルグ街の殺人』への言及。

づいたことだろう。

一体何が見つかると思ったのだろうか。明らかに（つまり、それ以外の理由は考えられない）、新聞に関する情報を探していたのだ。彼らも馬鹿じゃない。編集部でしている仕事全体について、メモでもとっていると考えたのだろう。だから、ブラッガドーチョの件について何か知っているとしたら、どこかに書き留めてあるはずだと。今ごろは、実際のところに思い当たっていることだろう。つまり、全部フロッピー・ディスクに保存してあるという。むろん、夕べ会社にも入ったに違いない。そこには、件《くだん》のフロッピーは見当たらなかった。したがって、（今ごろになって）こう結論しているだろう、たぶんポケットに入っていたのではないかと。なんて間が抜けてたんだ、ジャケットを探るべきだったのだ、と。間が抜けてたって？　胸くそ悪いやつらだ。ほんとうに抜け目のない連中だったら、こんな汚い仕事をする羽目にはならなかったはずだ。

きっと、またやってくるだろう。少なくとも盗まれた手紙*までは行き着くはずだ。ひったくりを装い、路上で襲ってくるつもりだろう。やつらが戻ってくる前に急がなければ。郵便局留めでフロッピーを送り、いつ取りにいくかはあとで考える。いや、なんて馬鹿なことを考えているんだ。もう死人が出ているし、シメイは姿をくらました。こちらが知っているかどうかなど、何を知っているかなど、やつらにはどうでもいいのだ。用心のためにこっちまで始末すればいいってことだ。あのことについては何も知らないなどと、新聞に知らせに行くわけにもいかない。言うだけで、知っていたことがわかってしまう。

なんでこんな面倒に巻き込まれたのだ？　思うに、ディ・サミス教授のせいだ。ドイツ語なんかができたせいだ。

一体どうしてディ・サミスのことなどが、頭に浮かぶのか。何十年も前のことじゃないか。それは、大学を卒業できなかったのはディ・サミスのせいだとずっと考えてきたからで、こんな厄介なことに巻き込まれたのも卒業できなかったからだ。それに、アンナに結婚二年ほどで愛想をつかされたのは、衝動的敗者（彼女自身の言葉だ）であることを彼女に気づかれたからではなかったか。恰好つけようとして、自分は一体どんなことを結婚前の彼女に語っていたのか。

大学を卒業できなかったのは、ドイツ語ができたからだ。祖母はアルト・アーディ

＊『盗まれた手紙』は、『モルグ街の殺人』『マリー・ロジェの謎』に続くポーの推理小説三作目。

ジェ*の出身で、子どものころから祖母とはドイツ語で話してきた。それで大学一年のころから、学費を払うためにドイツ語の本を訳す仕事をしていた。そのころ、ドイツ語を知っているというのは、それだけでもう職業だった。他の連中にはわからない（そして、その当時は重要だと考えられていた）本を読んでは訳す。フランス語や英語に比べても、支払いはよかった。今日なら、中国語やロシア語などがそうだろう。ともあれ、ドイツ語を翻訳するか、卒業するかだ。両方一緒にはできない。実際のところ、翻訳するということは家にこもっているということで、暖かくても涼しくても、家でスリッパ姿で仕事をし、しかも山ほどいろんなことを学ぶことだ。大学の講義に通う必要などない。

怠惰《たいだ》さから、ドイツ語の課程に入った。どうせもう知っている言語だから、少しばかり勉強すればすむはずだと、こう考えたのだ。当時、その道の権威はディ・サミス教授で、ぼろぼろのバロック期の建物に、学生たちが教授の鷲《わし》の巣と呼ぶものをつくっていた。大階段をのぼって広いホールに入ると、一方にはディ・サミス教授の研究室があり、もう一方には教授が仰々しくも講堂と呼ぶものがあった。つまりは五十席ばかりの教室だ。

研究室に入るには、スリッパを履かなければならなかった。入り口には、助手たちと二、三人の学生の分のスリッパが置いてあった。スリッパがない者は、自分の番になるまで外で待つ。ありとあらゆるものにつや出しワックスが塗ってあった。おそらくは壁に並ぶ本にも、そして助手たちの顔にも。みなもう歳をとっていて、先史時代からずっと、教授の座につく順番を待っている。

教室はとても高いアーチ形天井とゴシックの窓があって（バロックの館になぜゴシックなのかは不思議だった）、緑色のガラスがはまっていた。定刻になると、つまり定刻から十四分が過ぎると、**ディ・サミス教授は研究室を出る。そのうしろ一メートルのところに年長の助手を従え、二メートルうしろにより若い、五十歳に近い助手たちを従えて。年長の助手は教授の本を抱え、若い助手たちは録音機を運ぶ（録音機は一九五〇年代の終わりごろになってもまだ、巨大な機械で、まるでロールス・ロイスみたいだった）。

ディ・サミスは、研究室と教室の間の一〇メートルばかりの距離を、二〇メートルもあるかのように歩いた。直線上を歩くのではなく、放物線なのか楕円なのかはわか

* イタリアの北東部にあるトレンティーノ・アルト・アーディジェ地方は、第一次世界大戦までオーストリア・ハンガリー帝国に属し、今もドイツ語を話すドイツ系の住民が多い。

** 大学では教授が開始時間から十五分遅れて講義をはじめる慣習があった。

らなかったが、「さてさて」と声を出しながらカーブを描いて歩き、教室の中に入ると、彫刻に飾られた演壇のようなところに腰をおろす。「私のことはイシュメイルと呼んでほしい*」とでも言いだしそうな雰囲気だった。

ガラス窓から差し込む緑色の光は、意地悪そうに微笑む教授の顔を屍のように青ざめさせた。助手たちが録音機をまわし、教授は話しはじめる。「有能なる我が同僚、ボカルド教授が最近論じたこととは裏腹に……」などとはじめて、二時間ほど続くのだ。

あの緑色の光は、液体のような眠気を誘った。助手たちの目もそう語っていた。彼らの苦労はこちらにもよくわかっていた。二時間の講義のあと、学生たちはぞろぞろと教室の外に出ていくが、ディ・サミス教授はテープを巻き戻させ、演壇からおりて民主的に一列目の席に助手たちとすわると、みな一緒になって二時間分の講義を聞き直すのだ。教授は我ながら重要と思われる個所ごとに満足げにうなずいた。注目すべきは、これがルターによる聖書のドイツ語訳についての講義だったということだ。

「サイコーだよな」同級生たちはうつろな目をして言うのだった。

講義にはあまり通わずにすごした二年目の終わりに、思い切って、ハイネにおけるアイロニーについての卒論を書きたいと言ってみた（ハイネが不幸な恋愛を扱うときの姿勢には、それ相応のシニシズムと思えるものがあって、それは心を癒すように思われた。こちらもちょうど、自分の恋愛の心の準備をしていたのだ)。「ああ、きみたち若者は」ディ・サミス教授は肩を落としてこう言った。「すぐに現代文学に手をつけようとする……」

そして、一瞬にして悟ったのだ、ディ・サミスとの卒論はこれでおじゃんだと。そこで、フェリオ教授はどうかと考えた。ディ・サミスより若く、輝く知性の持ち主という評判で、ロマン主義時代とその周辺を扱っていた。だが、先輩たちにはこう言われた。卒論ではいずれにせよディ・サミスが副指導教官としてつくから、あからさまにフェリオ教授に近づいてはいけない、ディ・サミスはすぐにそれを知るだろうし、そうなったら永久に憎まれるだけだ、と。うまく動いて、フェリオのほうから自分のもとで論文を書くように言ってきたのだと思わせなければならない。それなら、ディ・サミスが腹を立てるのはフェリオに対してで、こちらにではなくなる。ディ・サミスはフェリオを憎んでいたが、その理由はと言えば、彼自身がフェリオを教授にしたというごく単純なことだ。大学では（その当時、いや、おそらく今もだろう）、ふ

＊メルヴィル『白鯨』の冒頭の言葉。

つうの世界とは反対にものごとは動く。子どもが父親を憎むのではなく、父親が子どもを憎むのだ。

ディ・サミスは毎月「講堂」で講演会を開いていて、いつも著名な研究者を招くので、同僚の教員たちも大勢きていた。そういう機会に、偶然を装ってフェリオ教授に近づけるのではないかと考えた。

しかし、実際にはそうはいかなかった。講演が終わると意見交換があり、発言の機会は教員が独占していた。それから、全員が外に出る。講演者はそのあたりで最高のレストラン、ラ・タルタルーガに招待されているから。十九世紀半ばのスタイルの店で、ウエイターは燕尾服を着込んで給仕する。鷲の巣からレストランまで行くには、アーケードのある大通りを通り、歴史ある広場を横切り、堂々たる歴史的建造物のある角を曲がって、最後にもうひとつ小広場を横切る。まず、アーケードを通っていくときには、教授陣が講演者を取り巻き、その一メートルほどうしろに非常勤講師たちが、二メートルうしろに助手たちが続き、そして適度の距離をおいて度胸のある学生たちが歩いていく。歴史的広場まできたところで学生たちは辞去し、歴史的建造物のところまでくると助手たちが暇を告げ、非常勤たちは一緒に小広場を横切るが、レストランの入り口で挨拶《あいさつ》をして帰る。そして、レストランには講演者と教授たちだけが入っていく。

こうして、フェリオ教授に自分の存在を知られることはなかった。それに、こちらもこういう環境に関心を失って、通うのをやめてしまい、まるで機械のように翻訳をし続けた。が、頼まれる仕事を引き受けるしかなかった。だから、ツォルフェアアイン、ドイツ関税同盟の創設に経済学者フリードリッヒ・リストが果たした役割についての三巻本を清新体派ふうに訳してみたりした。ドイツ語の翻訳をやめた理由もわかろうというものだ。が、大学に戻るにはもう遅すぎた。

とはいうものの、あきらめは受け入れがたいものだ。いつの日かすべての試験を終え、卒論を出すのだと思い込んで生き続ける。そして、実現不可能な希望を抱きつつ生きるならば、それはもう立派な敗者だということだ。それに気づいたときには、もうそれに身をまかせるしかない。

はじめは、学校の勉強についていけないドイツ人少年の家庭教師の仕事を見つけた。スイスのエンガディン地方でだ。気候はいいし、まずまずの寂寞さ。報酬がよかったから一年我慢した。ところが、ある日、廊下で少年の母親に抱きつかれた。身をまかせてもいいというほのめかしだ。出っ歯でうっすら口ひげがある。丁重に、こちらにはその気がないことをわからせた。それから三日後だ、少年にちっとも進歩が見られないという理由でクビになったのは。

それからは、ものを書き散らしてなんとかやってきた。新聞・雑誌に書きたいと思っていたが、書かせてくれたのはいくつかの地方紙で、地方で行われる興行や旅芸人一座の演劇評などを書いた。映画館の前座ショーもまだやっていて、レビューを書いてわずかばかりの金を稼いだ。幕裏から水兵服のダンサーたちをのぞき見し、セルライトだらけの臀部に魅せられたものだ。あるいは、牛乳屋までついていったりした。そこで彼女らはミルクコーヒーと、すかんぴんでなかったら、目玉焼きを夕食にした。はじめての性体験もそういう場所でのことだった。相手は歌手で、その代わりにこちらは寛容な記事を書いた。サルッツォの地方新聞だったが、彼女にはそれで十分だったのだ。

さまざまな町に住み、故郷と言えるものももうなくなっていた（ミラノにきたのはシメイに呼ばれたからだ）。少なくとも三つの出版社の校正の仕事をし（どれも大学の出版会だ。大きな出版社の仕事はしたことがない）、一社については、百科事典の項目の見直しをした（年号、作品名、その他もろもろをチェックした）。こういう仕事をしていくうちに、パオロ・ヴィッラッジョが「とてつもない教養」と呼んだもの*が身についてしまった。敗者というのは、独学者と同じで、勝者よりずっと幅広い知識をもっているものだ。勝ちたかったら、知るべきことはひとつだけだ。ありとあらゆることを知ろうとして無駄にする時間などない。博学の悦びとは敗者のためのものなのだ。多くのことを知っていれば知っているほど、うまくいかなかったことも多いということだ。

何年かは、出版社（有力出版社もあった）が渡してくる原稿を読むのに費やした。出版社では送られてくる持ち込み原稿など誰も読む気にならないからだ。一作につき五〇〇〇リラ払われた。一日中ベッドに寝そべり、夢中で原稿を読んだ。そして、評価を二ページほどにまとめる。皮肉の限りをつくして、うかつに原稿を送ってきた作者を叩きのめすのだ。出版社では誰もがそれで安心し、不用意な作者に、誠に残念ですが弊社では出版できませんなどと返事をする。決して出版されることのない持ち込み原稿のリーディングは、ひとつの職業になり得る。

そうこうする間にアンナとのことがあり、終わるべくして終わった。それ以来、女性について本気で考えることができないでいる（少なくとも、考えようと激しく望ん

＊パオロ・ヴィッラッジョはイタリアの俳優、作家。自作の小説をもとにした喜劇映画「ファントッツィ」シリーズでとくに知られる。一九七二年、ウンベルト・エーコの助言にしたがって、ユーモア本『いかにしてとてつもない教養を身につけるか』を刊行。

だことはない）。また失敗するのではないかと思うからだ。セックスのほうは、健康対策を講じるようなやり方で処理してきた。恋に陥るリスクのない、ときたまのアバンチュール。ひと晩をともにして、じゃあね、楽しかったよ、と別れる。それと、時折は金を払って関係をもつ。欲望にとらわれることのないように（ダンサーたちのおかげで、セルライトには慣れて動じなくなっていた）。

そして、すべての敗者が夢見ることを、夢見るようになっていた。いつの日か本を書いて、富と栄光を手に入れること。大作家になるための修業として、ニグロ*までやった（今日なら、ポリティカル・コレクトネスからゴーストライターと言うところだ）。あるミステリー作家の代筆だ。その作家自身、本が売れるようにとアメリカ名をペンネームにしていた。マカロニ・ウェスタンの俳優のように。でも、二重の幕に守られ（もうひとりの人物、もうひとりの人物が使うもうひとつの名）、陰に隠れて働くのはおもしろかった。

他人のミステリーを書くのは簡単だった。チャンドラーのスタイルをまねればいい。あるいは、悪くてもスピレインだ。が、なにか自分のものを書こうとすると、人物やものを描写するのにどうしても、他の文学に描かれる状況なりに喩《たと》えてしまうのだ。空が明るく澄みきった午後、男は歩いていた、とは書くことができず、「カナレットの絵のような空の下を男は歩いていた」と書いてしまう。それから気づいたのは、ダンヌンツィオもそういう書き方をしていたということだ。たとえば、コスタンツァ・ランドブルックなる人物がなにかしらの特質をそなえていたと言うのに、トーマス・ローレンスの描く絵のようだと言う。エレナ・ムーティについては、その顔立ちにはモローの若いころの作品のプロフィールを思わせるところがあると書き、アンドレア・スペレッリについては、ボルゲーゼ美術館の名も知れぬ男の肖像を思い起こさせると書く。こういう塩梅だから、小説ひとつ読むのに、売店で売っている美術史の雑誌でもめくってみなければならない。

ダンヌンツィオが悪文家だったからといって、こちらもそうあらねばならないわけではない。喩えの悪癖から逃れるために、結局書くのをやめたのだった。

つまるところ、まったく大した人生ではなかったのだ。そして、五十歳になったところで、シメイからの誘いがあったわけだ。断る理由などあるだろうか。どうせだ、これもやってみたって変わりはない。

＊イタリア語ではニグロにはゴーストライターの意味もある。

しかし、これからどうするか。外に出るのは危険だ。ここで待っていたほうがいい。どうせ、やつらは外にいて、こちらが外出するのを待つつもりだろう。が、外になど出るものか。台所にはクラッカーの箱がまだいくつもあるし、缶詰の肉もある。夕べのウィスキーもまだボトル半分残っている。一日、二日はもつはずだ。グラスにちょっとだけたらして（それから、あともうちょっとぐらい。が、飲むのは午後だけだ。朝に飲むと頭が鈍る）、この出来事をはじめからたどってみる。フロッピー・ディスクを開けてみるまでもない。すべてはっきり憶《おぼ》えている。少なくとも今のところは。

死の恐れは記憶を鮮明にさせる。

2　一九九二年四月六日　月曜日

シメイは誰か別の人間の顔をしていた。どういうことかというと、ロッシとかブランビッラ、コロンボなどという人の名を、あるいはマッツィーニ、マンゾーニなど著名人と同じ名を、私は憶えることができないのだが、それは、それらが誰か別の人物の名であるからで、憶えていることといえば、誰かと同じ名前だということだけだ。つまり、シメイの顔を憶えていられないのは、彼ではない別の人物の顔に思えたからだ。実際、彼は誰もと同じ顔をしていた。

「本ですか」私は尋ねた。

「そうです。あるジャーナリストの回想。決して出ることのない日刊紙の準備にかけた一年間を語る本です。日刊紙の名前は『ドマーニ（明日）』。我が国の政府のモットーのようでもあるね。それについては明日また話そう、と。本のタイトルは、『明日、昨日』、どうです、おもしろいでしょう」

「それを、私に書けとおっしゃるのですか。なぜご自分で書かないんです？　ジャーナリストなのに？　少なくとも、新聞をつくられるのですからジャーナリストですよね……」

「だからといって、文章が書けるとは限らない。国防大臣だからといって手榴弾が投げられるわけではない。もちろん、これから一年の間、日々話し合うことになります。あなたは本にスタイルを与え、ピリッと胡椒をきかせる。が、だいたいの流れは私が決める」

「つまり、共著ということですか。あるいは、コロンナがシメイにインタビューするというかたちで？」

「コロンナさん。そうではないのですよ。本は私の著書ということで出版され、これを書き終わったら、あなたには姿を消してもらわなければなりません。気を悪くしないでほしいが、あなたはニグロということです。デュマでさえそういう人物を使っていたのですから、私が使ってもおかしくないでしょう」

「どうして私を選んだのです？」

「あなたには作家の才能があるからです」

「お言葉に感謝します」

「……が、今まで誰もそれに気づかなかった」

「重ねて感謝します」

「失礼ですが、今まであなたが寄稿してきたのはどれも地方の日刊紙だし、いくつかの出版社で文化的な裏方仕事もした。他人のために小説も書いた（どうやってその本のことを知ったかは聞かないでください。たまたま手にしましてね。プロットもいいし、リズムがある）。五十歳にもなって、仕事がありそうだと知って私のところへ飛んできた。つまるところ、あなたは文章が書けるし、本とはどういうものかもわかっている。が、暮らし向きはよくない。恥ずかしがることはないですよ。私だって、出ていないことがわかっている日刊紙を手がけるのですから。ピューリッツァー賞候補にあがったこともないし、編集長をつとめたといっても、週刊のスポーツ雑誌と男性がひとりで読む月刊誌です。あるいは、ひとりぼっちの男性が読む雑誌と言ってもいい……」

「私にだって、断るだけの自尊心はあるかもしれませんよ」

「断らないでしょう。オファーは毎月六〇〇万リラを一年間ですから。裏報酬で」

「作家になりそこなった男への報酬としては多額ですね。で、それから？」

「それから、本の原稿を渡してくれるとき、まあ、この創刊準備の試みが終わってから六か月後ぐらいとしましょうか、そのときには現金一〇〇〇万を即金で。これは私が自腹で出します」

「それから？」

「それからは、あなたの自由ですよ。もしも女や馬やシャンパンで使いきったりしなければ、一年半で八〇〇〇万以上を手にすることになる。税金もとられずに。あとは余計な心配などせず、なにか気を引くことでも探せばいい」

「どういうことですか。私に月六〇〇万も出すのだから、失礼ながらあなたはどれだけ稼ぐんでしょう。ほかの記者だっているはずだし、制作、印刷、流通費も馬鹿にならない。おまけに、その発行者は、出版社だと思いますが、一年間この試みなるものに出資して、最終的には何もしないつもりでいる」

「何もしないとは言っていません。彼にはそれなりの見返りがある。が、新聞が出なければ、私には何の見返りもない。もちろん、発行者が結果として刊行に踏み切るという可能性も否定できません。が、そうなったら大きい仕事になるから、私に続行を依頼してくるかどうかはあやしい。だから、私は備えているんですよ。今年の末になって発行者が、試みは思うような成果を上げたからこれで店をたたむ、と言ったときのために。新聞が頓挫《とんざ》したら、本を出版する。衝撃作になるだろうから、かなりの印税が見込める。あるいは、たとえばの話ですが、その出版を望まない者がいたとしたら、それなりの額を払うでしょう。税金の対象外でね」

「そういうことですか。しかし、私が誠実に協力することを望むのであれば、はっきり言ってほしいですね。一体誰が出資するのか、どうしてこの『ドマーニ』紙なる企画が存在するのか、それがどうして失敗に終わるのか、あなたはその本のなかで一体何を言いたいのか。僭越《せんえつ》ながら、書くのは私ですからね」

「では言いますが、出資するのはコンメンダトール＊・ヴィメルカーテです。あなたも聞いたことがあるでしょう……」

「ヴィメルカーテなら知っています。ときどき新聞に載りますからね。アドリア海沿岸に何十ものホテルをもち、年金受給者や要介護者のためのケアハウスも多数ある。いろいろと噂の多い商売がいくつもあって、地方テレビ局もいくつか所有している。夜の十一時に放送がはじまって、競売やテレビショッピング、露出度の高いショーなどを流している……」

＊コンメンダトーレはイタリアの勲位。姓の前ではコンメンダトールとなる。

「それから、出版物も二十ほど」

「つまらない雑誌でしたね、たしか。『ローロ（彼ら）』『ピーピング・トム（のぞき魔）』とかいうスターのゴシップ誌、『犯罪図解』『隠された事実を暴く』などの犯罪捜査を扱う週刊誌。くだらないクズばかり」

「いや、分野別に特化したものもある。ガーデニング、旅行、自動車、ヨット、『家庭の医学』。一大帝国ですよ。このオフィスも立派でしょう？　ベンジャミンの木もある。ＲＡＩ（国営イタリア放送協会）のお偉いさんたちがオフィスに置いているようにね。記者のためには、アメリカでよく言うオープンスペースをとってある。あなたには小さいがきちんとしたオフィスを専用に用意しています。それから、資料室。ここはコンメンダトーレのもつ全社の入っているビルですから、すべて無料。あとは、創刊準備号の制作も印刷もその他の雑誌の設備を使うから、試みのコストもまあまあのものにおさえられる。しかも、ここは中心地ですからね。会社に行くのに地下鉄を乗り継ぎバスに乗らなければならなくなっている主要諸紙とは違いますよ」

「しかし、コンメンダトーレはこのような試みをして、一体どうしようというのです？」

「コンメンダトーレは、金融、銀行、あるいは主要紙などの有力者たち、いわゆるエリートの世界に入りたいと考えているのです。その手段が、あらゆることについて真実を暴くことを目的とした新しい日刊紙を出すという計画。ヌメロ・ゼロ（ゼロ号）、つまり創刊準備のパイロット版を十二号ほど出します。0－1号、0－2号……という具合に。部数はごく少数に限り、それをコンメンダトーレが検討して、自分の思う相手に読ませる。それで、金融・政治のいわゆるエリート界を窮地に立たせることも可能なのだと見せつけることができたなら、エリートのほうではおそらくコンメンダトーレに計画を思いとどまるように言ってくるでしょう。彼は『ドマーニ』紙をあきらめ、その代わりエリート界の仲間入りを認められる。たとえば、株の二パーセントでも、有力日刊紙、あるいは銀行、影響力のあるテレビネットワークだったら……」

私はヒュッと口笛を鳴らした。「二パーセントは大きい！　それだけのことをする資金があるんですか」

「とぼけないでくださいよ。金融の話をしているんです、商品の取引ではない。まず買う。それを払う金はあとからやってくる」

「そういうことですか。それに、コンメンダトーレが最終的に新聞は出ないと言ってはじめて、この試みがうまくいったことになるというのもわかりました。つまりは、彼の輪転機はガンガンまわっているのだと信じ込ませる必要がある……」

「そういうことです。新聞が出ないなど、コンメンダトーレは私にも言っていません。ただ私は、そうではないかと思っている、いや、確信しています。が、これは記者たちは知ってはならないことです。明日会いますが、彼らには自分たちの将来を築くために働くのだと思っていてもらわないと困る。このことを知っているのは私とあなただけです」

「しかし、コンメンダトーレの脅しの片棒を担いで一年間にしたことを書いてしまって、あなたにはどんな得があるのです？」

「脅しとは穏やかではない。私たちが印刷するのはニュースです。『ニューヨーク・タイムズ』が言うように、『印刷するに値するすべてのニュース』……」

「あるいは、それ以外のニュースも……」

「わかってくれたようですね。コンメンダトーレがこのパイロット版を、誰かをぎょっとさせるために使おうが、尻をふくのに使おうが、それは彼の問題であって私たちには関係ない。が、だいじなのは、私の本は、編集会議でどんな決定を下したかなどを語るものではないということ。それだったら、あなたに頼まなくても録音機があればいい。本は、出るはずだった日刊紙について、これとは違うイメージを与えなければならない。私が一年間いかに懸命になって、あらゆる圧力から自由なインディペンデントなジャーナリズムを実現させようとしたか、それを書くんです。この冒険が失敗に終わったのは、まったく自由な媒体を誕生させることは不可能だったからだということを匂わせる。そのためには、あなたには想像も交え、理想化もして英雄的な叙事詩を書いてもらう必要があるんですよ。わかってもらえたでしょうかね……」

「本は実際に起こったこととまったく反対のことを書く。おもしろい。が、あなたが本で言うことは否定されるのではないですか」

「誰に？　コンメンダトーレにですか。いや、あの計画はゆすりのためにやっただけだなどと、言ったりすると思いますか。彼自身、圧力を受けてあきらめざるを得なかったのだと、後見者つきの媒体になるぐらいだったら抹殺するほうがいいと判断したと、そう思われるほうがいいでしょう。それに、記者たちが否定しますかね、誠実そのもののジャーナリストとして描かれたあとで？　この本はいやがおうでもベッツェレル（シメイはベストセラーをこう発音した、そう、みながするように）になりますよ」

「わかりました。他人の言葉で恐縮ですが、お互い、特性のない男、ですからね、引き受けましょう」

「思ったことを口にする率直な人間を相手にできて嬉しいです」

3　四月七日　火曜日

記者たちとの最初の会合。総勢六名。これで足りるらしい。

シメイからは、私は調査を装う外まわりなどしなくていい、常に編集室にいてさまざまな出来事を記録するようにと言われている。そして、そういう私の存在を正当化するために、こう切りだした。「諸君、まず互いを知ることがだいじだ。こちらはドットール・コロンナ*。ジャーナリズムの道では豊かな経験をもつ。私のかたわらで仕事をすることになるので、デスクと呼ばせてもらう。主な役割は、諸君の記事のチェックだ。きみたちはそれぞれ異なる背景をもつわけだが、極左の新聞で働くのと、たとえば、右派の風刺月刊誌『ヴォーチェ・デッラ・フォーニャ（ドブの声）』誌で経験を積むのとではまったく別物だし、ごらんのように我々はこの少人数という厳しさだ。追悼広告ばかりやってきた者も政府の危機的状況についての論説を書かなければならなくなるかもしれない。が、適切な文体を使うことが必要だ。だから、たとえば『転生』という言葉を使うクセのある者がいたとしたら、その言葉は使えない、とコロンナが別の表現を提案するわけだ」

「倫理の回復」私は言った。

「そういうことだ。あるいは、劇的な状況を指すのに、我々はまさに台風の眼にいる、と言ったとしたら、ドットール・コロンナは、どの科学マニュアルを見ても、台風の眼こそ唯一、無風で穏やかな場所で、台風はそのまわりに発達するのだ、ということを思い出させてくれるはずだ」

「いいえ、ドットール・シメイ」と、私は口をはさむ。「その場合には、まさに台風の眼と表現するべきだと言うでしょう。科学がなんと言おうと、読者の知ったことではない。台風の眼という言葉は、苦境の真っただ中にあるのだという印象を読者に与えます。読者は新聞やテレビなどのマスコミにそう慣らされていますから。同様に、正しくはサスペンス、マネジメントであっても、読者はススパーンス、マネージメントと言うのだと思い込んでいる」

＊ドットーレは学士の意。学位をもつ男性にはシニョーレ（あるいはシニョール＋姓）は使わず、ドットーレ（あるいはドットール＋姓）と呼ぶ。

「なるほど、ドットール・コロンナ。読者の言葉を使わなければならないということだ。食物を嚥下《えんか》するなどというインテリの言葉を使ってもしょうがない。それに、我々の新聞の発行者は、自分のテレビ局の番組視聴者は平均年齢十二歳（知的年齢という意味だが）と言ったことがあるらしい。我々の読者はむろんそうではないが、しかし、自分たちの読者の年齢を想定するのは役に立つだろう。我々の読者は年齢五十歳以上、法と秩序を愛する誠実にして善良な中産階級だが、さまざまな騒動についての噂話《うわさばなし》や暴露話にも目がない。まず、基本的にいわゆる読書家ではない。それどころか、ほとんどは家に本などもってない。が、必要とあれば、世界中で何百万部も売れているという小説の話などもする。本は読まなくても、奇抜で大金持ちの大芸術家が存在することを考えるのは好きで、スタイルのいい大女優を近くで見ることはなくても、その女優の隠れた恋愛については何でも知りたがる。が、この辺で自己紹介にうつろう。女性からお願いしよう。紅一点のシニョリーナ、あるいは、シニョーラ……」

「マイア・フレジア。独身、未婚、あるいはシングル。どれでもお好きなように。二十八歳、文学部卒業間近のところで、家庭の事情で中退。五年前からゴシップ誌に寄稿していました。芸能界の誰と誰が熱々の仲か嗅《か》ぎまわるとか、張り込みをするカメラマンを手配するという仕事です。歌手や女優を説得して誰かと熱々の仲のふりをしてもらい、パパラッチとの約束の場所に行かせることも多々ありました。手をつないで歩く光景や、こっそりキスする場面などを撮るわけです。はじめはおもしろかったのですが、そういうでっち上げ記事にも飽きました」

「それで、お嬢さん、我々の冒険への参加を承諾したのはどうして？」

「日刊紙なら、もっと真面目なことを扱うだろうから。芸能人の熱々交際とは縁のない調査でも、きっと評価してもらえると思うから。私は好奇心も旺盛だし、嗅ぎまわるのは得意なつもりです」

華奢《きやしや》な女性で、どこか抑えた快活さで話した。

「ありがとう。で、あなたは？」

「ロマーノ・ブラッガドーチョ……」

「変わった名前だ。ご出身は？」

「この名字は、数多くある私の悩みの種のひとつです。英語ではよくない意味があるらしいが、幸いほかの言語ではそういうことはないらしい。祖父は捨て子だったのですが、ご存じのように、そういうときには名字は市の職員が考える。その職員がサドだったら、フィカロッタ（裂けた性器）なんてひどい名をあてられることもあるでしようが、祖父の場合には職員は半分サドだった。しかもちょっとした教養はあった……。私自身について言うと、スキャンダル暴露が専門で、この新聞の発行者のもつ雑誌、『隠された事実を暴く』で働いていました。が、正式に採用されたわけではなく、記事を書くごとに原稿料をもらっていました」

残りの四名について言うと、カンブリアは、逮捕や高速道路の派手な事故死などのホットなニュースを狙って、病院や警察署を夜通しまわっていたが、キャリアを積むことはできなかった。ルチディは、一見して信用ならぬやつと思わせる人物で、誰も名を聞いたことのない出版物の仕事をしていた。パラティーノは長年、クイズやパズルなどの週刊誌で働いてきた経歴をもち、コスタンツァは、いくつかの新聞で組版主任の仕事をしてきたが、今や新聞もページ数が増え、印刷前にすべてを読み直しチェックすることなど不可能になった。今では大新聞ですら、シモーヌ・ド・ボーヴォワール（Beauvoir）をBeauvoireと書いたり、ボードレール（Baudelaire）をBeaudelaire、ルーズベルト（Roosevelt）をRoosweltと書いたりするありさまだ。そして、組版主任なる職種も、グーテンベルクの手動印刷機と同じぐらい古めかしいものになりつつあった。つまり、これら旅の道連れの誰ひとりとして、情熱をかきたてるような経験を経てきた者はないのだ。サン・ルイス・レイの橋*か。こういったメンバーをシメイは一体どこで見つけてきたのだろう。

　自己紹介が終わると、シメイは新聞の特徴を大まかに説明した。

「これから、日刊紙を作ることになる。なぜ『ドマーニ（明日）』という名前なのか？伝統的に新聞は前夜のニュースを伝えてきた。残念ながら今もってそうだ。だから、『コッリエーレ・デッラ・セーラ（夕刻の配達人）』『イブニング・スタンダード』『ル・ソワール（夕刻）』などという名前なわけだ。が、現在では我々は、前日のニュースはすでに夜八時のテレビを見て知っている。だから新聞は、すでにこちらの知っているニュースを伝えることになり、売り上げも年々落ちる一方だ。『ドマーニ』紙では、こういう、腐った魚のように臭いはじめるニュースも、むろん整理してまとめてやる必要があるが、一段程度の長さのさっと読めるものにすれば十分だと考えている」

「では、この新聞ではどんなことを書くんです？」カンブリアが聞いた。

「今日、日刊紙の宿命は、限りなく週刊誌に近づくことだ。我々は明日起こるかもしれないことについて書くことになる。掘り下げ記事、調査の特集版、意外な展開を予

＊『サン・ルイス・レイの橋』はアメリカの作家ソーントン・ワイルダーの小説。ピューリッツァー賞受賞。一七一四年のペルーで橋の落下のために命を落とした五人の旅人の巡り合わせを、居合わせた修道僧が探る内容。

想する報道……。例を挙げよう。夕方四時に爆弾が爆発したとすると、翌日にはもうみながそれを知っている。つまり我々は、四時から印刷に入る夜中の零時までに、犯人と思われる人物について、警察もまだ知らない、何か未公表のことを語れる人物を見つけている必要があるし、その爆発事件の結果としてその後どんなことが起こり得るか、予測される展開を示さなければならない……」

ブラッガドーチョが口をはさんだ。「でも、そういう調査を八時間以内で進めるためには、少なくとも今の十倍のスタッフがいるし、人脈や情報提供者その他も相当必要ですよ……」

「その通り。新聞が本格的に動きだすときには、そうなる予定だ。が今は、期間を一年に限って、それが可能であることを示せばいいわけだ。そして、それは可能だ。パイロット版であるゼロ号《ヌメロ・ゼロ》はいつの日付にしてもいいのだから、何か月か前に出ていたとしたら、たとえば爆発事件のあった直後に出ていたとしたらどんな紙面だったかという例でもいいのだ。その場合、事件後にどのようなことが起こったか、我々はもう知っているわけだが、読者はまだ知らないものという設定で記事を書く。我々の明かす情報は未公表の驚くべきニュース、いわば予言的なものという性質を帯びるわけだ。要するに、もしも『ドマーニ』が昨日出ていたとしたら、どんな紙面になっていたかということを、依頼主にわからせるということだ。それに、たとえ誰も爆弾を投げたりしなかったとしても、あたかも起こったかのような紙面をつくってもいい」

「あるいは、こちらに好都合であれば、我々が爆弾を投げるとか？」ブラッガドーチョが皮肉った。

「馬鹿げたことを言わないでくれたまえ」と、シメイが諭す。それから、考え直したかのようにこう言った。「どうしてもやりたかったら、そのときは私に知らせたりしないように頼むよ」

ミーティングのあと、下へおりるときにブラッガドーチョと一緒になった。「どこかで会いませんでしたっけ？」と聞いてくる。会っていないと思うが、と答えると、やや疑い深い顔をして、そうですか……と答え、すぐに親しげな口調で話してくる。編集部ではシメイがある程度フォーマルな関係をつくったばかりだし、私は人と距離を保つことを常としている。一緒に寝たわけでもないのだ。が、ブラッガドーチョは明らかに私たちは同僚だと言いたかったのだ。こちらも、シメイにデスクのような者として紹介されたからといって、もったいぶったやつと思われたくはなかった。それに、どこか興味を引く人物であったし、こちらもこれといった用事もなかった。

彼は私の肘《ひじ》に手をかけると、自分の知っているところへ飲みに行こうと言った。肉厚の唇に牛のような丸い目で微笑むと、なにやら嫌らしい感じがした。フォン・シュトロハイムのようなはげ頭で、後頭部は首へと垂直につながっていたが、顔はテリー・サバラスに似ていた。刑事コジャックの俳優だ。ああ、また喩えてしまった。

「きれいな子だよね、あのマイアは」

私はやや困惑し、ひと目見ただけだから、と答えた。前にも言ったが、女にはあまり近づかないことにしている。彼は私の腕を揺さぶると言った。「コロンナ、紳士ぶるなよ。おれは見たんだ、気づかれないように彼女のことを見てただろ。あれは誘いに乗ってくるタイプだと思うよ。いや、実際のところ、女っていうのはみんな乗ってくるんだ。うまく気持ちをつかんでやりさえすれば。まあ、おれの好みとしてはやせすぎている。胸がない。けど、悪くないよな」

トリノ通りまでくると、教会のあるところで右に折れ、小さな曲がった道に入った。街灯は薄暗く、いくつかの扉は長いこと閉められたままのようすだし、店のひとつもない、ずいぶん前に打ち捨てられたと思える通りだった。黴臭《かびくさ》い臭いが漂っているような気もしたが、しっくいがはげ落ち、色褪《いろあ》せた落書きだらけの壁からくる、共感覚のなせる業だろう。高いところの導管から煙が立ち上っていたが、上の階の窓も全部閉まっていてもう誰も住んでいないかに見え、一体どこからくる煙だかわからなかった。別の道に面した家から出ている管なのかもしれない。寂れた道を煙で煤けさせようが、誰も気にもとめないのだ。

「ミラノでいちばん狭い道、バニェーラ通りだよ。パリのシャ・キ・ペシュ通りほどではないけれど。あそこはふたり並んで通れないほどだからね。今はバニェーラ通りという名だけれど、昔はバニェーラ隘路《あいろ》という名で、もっと昔はバニャリア隘路といった。ローマ時代に公衆浴場《バーニ》があったんだ」

　そのとき、角からベビーカーを押しながら女性が姿を現した。「大胆なのか無知なのか」ブラッガドーチョがコメントした。「おれが女だったら、こんな通りには入らないね、暗くなったらとくに。あっさりナイフで刺されるかもしれない。それは少々もったいない。ほら、色気をだして、捨てたものじゃない。水道屋と喜んでやる典型的なママさんだよ。ふり返ってごらん、腰ふりふり歩いている。この通りでは血なまぐさい事件が起こったんだ。今では閉ざされたこういう扉の向こうには、もう使われていない地下室がまだ残っているはずだ。たぶん、秘密の通路も。ここは十九世紀に、職もなければ金もないアントニオ・ボッジャという男が、帳簿の見直しを頼むという口実で計理士を地下室の一室に呼び寄せ、斧をふり下ろした場所なんだ。計理士は命をとりとめ、ボッジャは逮捕され、精神障害と診断されて二年間精神病院に監禁された。ところが、自由の身になるや、金のある騙《だま》しやすい人間を見つけだしては自分の地下室におびき寄せ、金目のものを奪って殺し、その場に埋めた。今日だったら連続殺人魔とでもいうところだ。が、不用心な殺人魔で、犠牲者との商売関係の手がかりを残していて、結局逮捕される。警察が地下室の床下を掘ると死体が五体か六体でてきて、ボッジャはポルタ・ルドヴィーカあたりで絞首刑にされた。ボッジャの頭部はマッジョーレ病院の解剖学室に送られた。チェーザレ・ロンブローゾ*の時代だからね、頭蓋骨や顔立ちに遺伝的な犯罪者の特徴を見ようとしていた……。その後、この頭部はムゾッコの墓地に埋葬されたらしいが、果たしてどうだか。オカルトやサタンに取《と》り憑《つ》かれた連中にとっては美味しい品だ……。今でもここではボッジャの記憶が感じられるよ。切り裂きジャックのロンドンにいるみたいだ。夜間は歩きたくないところだが、それなのになぜか惹きつけられる。よく来るんだ。ときにはここを待ち合わせ場所にすることもある」

バニェーラ通りを抜けるとメンターナ広場に出た。ブラッガドーチョに言われてモリージ通りというのに入ると、ここもまた暗い道だったが、しかしいくつか小さな店があり、立派な表門も見られた。たどり着いたのは道の広くなったところで、大きな駐車場があり、まわりを遺跡に囲まれていた。「ほら、見ろよ」ブラッガドーチョは言った。「左側にはまだローマ時代の遺跡が残っている。ミラノが帝国の首都だったことなんて、もうほとんど誰も憶えていやしないがね。誰もがそんなものどうでもいいと思っていても、だいじにそのまま触らずにとってある。が、あの駐車場の裏に見える廃墟《はいきょ》は、第二次大戦時の爆撃で壊された家屋だ」

破壊された建物には、ローマ遺跡のもつ、もはや死とも和解したようすの古色蒼然たる落ち着きはなく、まるで狼瘡《ろうそう》に病むかのようで、まだ穏やかになれない空洞から忌《い》まわしい姿を見せていた。

「どうしてこの地区に誰も建物をつくろうとしなかったのかはわからない」と、ブラッガドーチョ。「保護地区なのか、あるいは所有者にとっては賃貸の家を建てるよりも駐車場のほうが利益があるのか。でも、爆撃のあとを残しておくなんて。おれにはバニェーラ通りよりもこの空き地のほうが怖い。が、おもしろい場所でもある。戦後のミラノがどんなだったかを伝えてくれるから。五十年ほど前に町がどんなふうだったか、面影を残す場所は数少ない。おれはそういうミラノを見つけようとしているん

＊イタリア犯罪学の父といわれる医師、人類学者、犯罪学者。犯罪と身体的特徴を結びつける研究をした。

だ。子ども時代、少年時代をすごしたミラノ。戦争が終わったとき、おれは九歳だったが、今でもときどき夜中に爆弾の音を聞くような気がするよ。ともあれ、残っているのは廃墟ばかりじゃない。見てくれ、モリージ通りの入り口にあるのは十七世紀の塔だ。爆撃でも壊せなかったものだよ。そしてその下が、ほら、二十世紀の初めからあるこの居酒屋、タヴェルナ・モリッジさ。どうして居酒屋の名前は、モリージ(Morigi)通りよりgがひとつ多くて、モリッジ(Moriggi)なのかは聞かないでくれ。きっと市当局のほうが道路名のプレートを間違えたんだよ。居酒屋のほうが古いんだから、そっちが正しいに決まってる」

店に入ると内部は赤い壁で、塗料のはげかかった天井からは鍛鉄《たんてつ》製の古い照明が下がり、カウンターには剝製《はくせい》のシカの頭が飾られていた。壁には何百本ものワインボトルが埃をかぶってずらりと並び、質素な木のテーブルが置かれていた(ブラッガドーチョが言うには、夕食前の時間だからテーブルクロスはまだないが、時間になると赤いチェックのクロスがかかり、フランスの食堂のように、小さな黒板に手書きしたメニューを見て食事を選ぶということだ)。テーブルについていたのは学生、そして古きボヘミアンふうの人物が何人か。髪を長く伸ばしているが、一九六八年の学生運動のころの風貌ではなく、どこか詩人のよう。昔だったらつば広帽をかぶり、大きな蝶《ちよう》ネクタイをしめていたようなタイプ。それに、上機嫌で騒ぐ年寄り連中。二十世紀の頭からずっとここに居座っているのか、新しいオーナーたちがエキストラに雇ったのか、ちょっと判断がつきにくい。チーズ、サラミ、コロンナータのラルド*をちょびちょびつまみ、格別に美味しいメルロを飲んだ。

「いいところだろう？」ブラッガドーチョが言った、「別の時代にきたみたいだ」

「でもどうして、もう存在しないはずのミラノに惹かれるんだい？」

「さっき言った通りさ、もう自分でも憶えていないミラノを、祖父の、あるいは父親のミラノを見たいんだ」

　こう言ってワインを飲み続けた。彼は湿り気を増した眼を光らせ、古い木のテーブルに残ったワインのあとを紙ナプキンでふいた。

「おれの一家には嫌な経歴があってね。祖父はあの忌まわしい独裁政権の有力者だった。それで、例の四月二十五日には、ここから遠くないカップッチョ通りに逃げ込もうとしていたところを、あるパルチザンに見つかって素性が知れてね。その道の角で捕まって銃殺だ。父はあとになってそれを知った。というのも、祖父の理念に忠実で、

＊大理石で知られるカッラーラ市コロンナータ村の名産。塩・香草をすり込み大理石の器に入れて味をしみ込ませた豚の脂身。

一九四三年にデチマ・マス師団に入隊し、サロで捕らえられて一年ほどコルターノの強制収容所に入れられていたんだ。実質的な罪状が見つからなくて九死に一生を得、一九四六年にはトリアッティが恩赦の枠を大きく広げた。まったく歴史の矛盾だが、ファシストもコミュニストのおかげで復権できたわけだ。が、たぶんトリアッティが正しかったのだろう。なんとしても正常化する必要があったということだ。ところが、これまた正常なことながら、父はその過去と祖父の落とす影を背負って就職できず、洋裁をやっていた母に養われることになった。やがて次第に自堕落に身をまかせて酒を飲むようになり、おれが憶えていることといえば、毛細血管が顔いっぱいに赤く広がり、潤んだ眼で自分の妄想を語る姿だけだ。ファシズムを正当化しようとはしなかったが(もう理想なんてもちあわせていなかった)、反ファシズムの連中はファシズムを糾弾するために、山ほどのおぞましい話を語ったと言っていた。強制収容所のガス室で六百万人のユダヤ人が殺されたことなど信じなかった。要するに、ホロコーストなんてなかったといまだに言い続けるような類いではなかったが、解放軍のつくった話は信じなかった。どれもこれも大げさな証言だって言っていたよ。こういう話を読んだって言うんだ、生存者の証言によると、ある収容所の中央には惨殺された人々の衣服が山のように積まれ、高さは一〇〇メートルを超えていたと。一〇〇メートルだって？　考えてもみろ、一〇〇メートルもの高さの山を積み上げるには、ピラミッド状にしなければならないから、その底面は強制収容所の敷地より広くなければならないんだぞってね」

「恐ろしいことに立ち会った人間はそれを思い出すときに誇張するものだ。そのことを考えに入れなかったんだろう。高速道路で交通事故があったとする。それを見て、死体が血の海に横たわっていたと言ったとしても、コーモ湖ほどの広大な血の海があったと信じ込ませたいわけではなく、ただ多量の血が流れていたことをわからせたいだけだ。人生で最も悲劇的な出来事のひとつを思い起こす者の身になってみれば……」

「それは否定しないが、だが父のせいでおれはニュースを鵜呑《うの》みにしない習慣がついたんだ。新聞は嘘《うそ》をつく。歴史家も嘘をつく。そして今、テレビも嘘をつく。一年前の湾岸戦争のときのニュースで、ペルシャ湾で原油だらけになって死にかけているウミウの映像があったのを憶えているかい？　その後、あの季節のペルシャ湾にウミウがいるなんてあり得ないことが明らかになり、映像は八年前のイラン・イラク戦争時のものだとわかった。あるいは、動物園からウミウを連れてきて石油まみれにしたのだという者もいた。ファシスト党の犯罪人にも似たようなことが起こったに違いない。

忘れないでほしいが、おれは父や祖父の考えに愛着があるわけでもなんでもない。もちろん、ユダヤ人虐殺がなかったふりをする気もない。そもそも、おれの親友の何人かはユダヤ人だ。ただ、もう何も信用しないんだ。アメリカ人はほんとうに月に行ったのか？　スタジオですっかりでっち上げたというのもあり得なくはない。月面着陸のあとの宇宙飛行士の影をよく観察すると、どこか信用しがたい。それに、湾岸戦争はほんとうに起こったのか。それとも、古いレパートリーの断片を見せられただけじゃないのか。おれたちは偽りに囲まれて生きている。嘘をつかれるのだと知ったら、疑いながら生きなければならない。おれは疑う。いつだって疑う。おれに確証のもてる唯一のほんとうのものが、この何十年も前のミラノさ。爆撃はほんとうにあった。それもイギリス人が、あるいはアメリカ人がやったものだ」

「それで、きみのお父さんは？」

「酒に溺《おぼ》れておれが十三歳のときに死んだよ。こういう記憶から解放されたくて、おれは大人になるとその反対側に身を投じようとした。一九六八年には、おれはもう三十を超えていたが、髪を伸ばし、セーターとエスキモー*を着こんで、親中派の共同体に参加した。あとになって、毛沢東はスターリンとヒトラーを合わせた以上に多くの人を殺したのだと知った。それだけではなく、おそらく親中派には諜報機関の煽動者《せんどうしゃ》たちが潜入していたらしいということも。それで、おれはジャーナリストとなって、もっぱら陰謀を追うことにした。おかげで、後年、左翼テロリストらの罠に落とされるのを防げたんだ（危険な友人関係もあったからね）。ありとあらゆる確信を失ったよ。我々の背後にはいつも誰かがいて、確実に我々を騙すのだ、ということ以外はね」

「で、今は？」

「で、今は、もしこの新聞がうまくいくとしたら、おれの発見を真面目に取り扱ってくれる場所を見つけたんじゃないかと思うんだ……。今、調べてる話があってね……。新聞だけではなく、本にもできるかもしれない。そうなったら……。が、まあ、この辺にしておこう。データをすっかり照らし合わせたあとで、また話そう……。が、急がないと。金がいるんだ。シメイがくれるわずかばかりの金も、ないよりましだが、十分ではない」

「生活のために？」

「いや、車を買うためさ。もちろんローンで買うわけだが、それだって月々払わなけ

＊フードつきのコート。安価なもので、学生運動が盛んだった時代には左派学生の、のちには左派一般のシンボルとなった。

ればならないからね。すぐに欲しい。調査に必要だから」

「つまり、調査をして金をもうけ、それで車を買いたいが、調査をするためには車が必要だと言うんだね？」

「多くの状況を再構成するためには、移動していろいろな場所へ行き、場合によっては人の話を聞くことも必要だ。編集部には毎日行かなければならないし、車なしではすべてを記憶の中で組み立て、頭だけで仕事するしかない。それだけが問題ならまだしも……」

「じゃあ、一体何が、ほんとうの問題なんだい？」

「いいかい、迷っているわけではないんだ。が、どうするべきかを理解するためには、すべてのデータを組み合わせなければならない。ひとつのデータだけでは何の意味もないが、それが全部一緒になると、はじめ見たときには気づかなかったことをわからせてくれる。人が隠そうとするものに注目することがだいじだ」

「きみの調査の話か？」

「いや、車の選択だよ……」

彼は指をワインで濡らしてテーブルに絵を描いた。謎解きゲームの週刊誌にあるクイズのように、点を結んで絵の形を浮かび上がらせるかのように線を引っぱって。

「車はスピードが出せなきゃだめだ。ある程度の高級感はいるから、もちろん小型車なんかは論外だ。それに、前輪駆動以外は考えていない。ランチャ・テーマ・ターボ16気筒がいいと思っていたが、あれは高い車のひとつで六〇〇〇万リラ近くする。絶対に無理だとは言わないが。最高速度は時速二三五キロ、停車状態からアクセルを開いて七・二秒。ほぼ最高と言える」

「高いな」

「それだけじゃない。向こうが隠そうとするデータも見つけなければならない。車の宣伝が嘘をつかない場合は、ただ黙っているだけということだ。専門誌に載っている仕様書をつぶさに調べなければならない。で、幅が一八三センチだということを発見するわけだ」

「それじゃだめなのか?」

「きみも気がつかないんだな。宣伝では長さのことはよく言うんだよ。たしかにパーキングのときに差が出るし、ステイタスの点でも長さはだいじだ。ところが、幅はめったに表示されない。自宅のガレージが狭いときにはとてもだいじなことだ。屋外駐車場の幅はもっと狭いし、駐車した車の間に割り込む隙間を見つけようと、必死になって道をグルグルまわるときなどなおさらだ。幅はだいじなんだよ。一七〇センチ以下を狙うべきだ」

「あるんだろう、想像するに」

「もちろんさ。が、幅一七〇センチの車の中は狭い。助手席に人を乗せたら、右肘のスペースが限られてしまう。それに、幅の広い車にはある便利さもなくなる。ギアの近くに右手で操作できる機能がたくさんついているからね」

「ということは?」

「ダッシュボードの装備が豊富なこと、それに、右手をあれこれ使わなくても、ハンドルにいろいろな装備がついていることがだいじだ。そこで目をつけたのがサーブ九〇〇ターボだ。幅一六八センチ、最高速度二三〇キロ、値段は五〇〇〇万リラ程度に下がる」

「望みにぴったりじゃないか」

「そうなんだが、頭の片隅に、アクセルを開いて八秒五〇でいいのか、という思いがある。七秒が理想だ。たとえば、ローバー二二〇ターボ、四〇〇〇万リラ、幅一六八センチ、最高速度二三五キロ、アクセル六・六秒。流星の速さだ」

「じゃあ、そっちを狙ったらどうだ」

「だめなんだ。仕様書の最後になって、高さが一三七センチだとわかる。おれのようなでっぷりした体には低すぎる。ほとんどレース用、スポーツマンを気どる連中向きの車だ。ランチャの高さは一四三センチ、サーブは一四四、これならゆったり入れる。それだけじゃない。まあ、キザ男はわざわざ仕様書の細かいデータを読んだりしない。薬の説明書の注意事項みたいに小さい字で書いてある。この薬を飲んだら次の日には死ぬんだってことを見落とすようにね。ローバー二二〇の重量は一一八五キロ。これでは少なすぎる。大型トラックに出くわしでもしたら、簡単にバラバラにされる。だから、鋼で強化された、もっと重い車でなければならないんだ。ボルボとまでは言わない。あれは一種の戦車のようなものだが、スピードが遅すぎる。が、少なくとも、ローバー八二〇ＴＩぐらいは必要だ。五〇〇〇万リラ程度で、最高速度二三〇キロ、重量一四二〇キロ」

「でも、それも除外したんだろう？　理由は……」私は言った。こちらももうパラノイア気味だ。

「理由は、アクセルが八・二秒だからだ。これではまるでカメだ、スプリントはゼロ。同様に、メルセデスＣ二八〇もだめだ。幅一七二センチ、六七〇〇万リラという値段を別にしても、アクセルは八・八秒。おまけに、受け取りに五か月も待たされる。これも合わせて考えなければならないデータだが、今あげた車種には二か月待つものもあれば、すぐに受け取れるものもある。なぜ、すぐに受け取れるのか。買い手がないからだ。信用しないほうがいい。オペル・カリブラ・ターボ16気筒はすぐに受け取れるらしい。最高速度は時速二四五キロ、四輪駆動、アクセル六・八秒、幅一六九センチ、五〇〇〇万リラちょいだ」

「最高じゃないか」

「ところがどっこい。重量が一一三五キロしかない。軽すぎる。高さも一三二センチきり。他のどの車よりひどい。金はあるが背丈のないチビ顧客向けだ。問題はそれだけではない。トランクも計算に入れなくてはいけない。いちばんゆったりしているのはテーマ・ターボ16気筒だが、ただ、幅が一七五センチだ。横幅の広くないものでは、ランチャ・デドラ二・〇LXを考えた。トランクは広いが、アクセルが九・四秒、それればかりか重量は一二〇〇キロ強で、最高速度は二一〇ときている」

「だから？」

「だから、もうどうしたらいいか皆目わからないのさ。頭の中は追跡中の調査のことでいっぱいのうえに、夜中にはっと目を覚まして、あれこれ車を比較する」

「全部暗記しているのか？」

「表にしたんだが、困ったことに表を暗記してしまってね。もう限界だ。車というのはおれが買えないように考えてつくられているのではないかと思いはじめている」

「ちょっと大げさなんじゃないか、というのがおれの疑いだ」

「いくら疑っても大げさということはないよ。疑うこと、いつだって疑うこと。そうやってはじめて真実が見つかる。科学だってそうしろって言っていないか？」

「言っているよ。そして、そうしている」

「それはでたらめだ。科学だって嘘をつく。常温核融合のことを考えてみろ。何か月もの間、世間を騙し続け、結局デマだった」

「でも、それも発見したことだ」

「誰が？　ペンタゴンだろ。たぶん、なにか都合の悪いことでもあって伏せておきたかったんだろう。おそらくは、常温核融合に成功したと言った研究者のほうが正しくて、彼らが嘘をついたと言った連中が嘘をついた」

「ペンタゴンでもＣＩＡでもいいが、自動車専門誌はすべて、奇襲を狙う民主金権ユダヤ支配政治の情報機関に依存するなんて言う気じゃないんだろうな？」私は彼を常識に引き戻そうとした。

「違うのかい？」彼は苦笑いを浮かべて言った。「雑誌だってアメリカの大企業に結びついている。そして、石油のセブン・シスターズにね。エンリコ・マッテイ*を殺した石油メジャーさ。それはこちらにはどうでもいいことだが、パルチザンを経済的に支援して祖父を銃殺させたのも彼らだ。ほら、みんなつながっているだろう？」

が、もはや店内では給仕たちがテーブルクロスをかけていて、ワイン二杯で居座る客の時間は終わったことを告げていた。

「昔はワイン二杯で夜中の二時までだっていられたんだ」、とブラッガドーチョがため息まじりに言った。「が、ここも今は金をもった客層を狙っている。そのうち、ストロボ・ライトがちかちかするディスコになるのかもな。ここはまだ今のところは本物だ。が、もう何もかも偽物のような匂いがしはじめている。そもそも、もうずいぶん前からこのミラノ的な居酒屋のオーナーはトスカーナの人なのだと聞いたよ。トスカーナ人に対しては、なんの敵意もない。彼らだってちゃんとした人たちなのだと思うよ。でも、子どものころのことだけれど、不似合いな結婚をした知り合いの娘の話になったとき、いとこがほのめかしてこう言うんだよ、フィレンツェのすぐ南に壁を築くべきだってね。すると、母はこう言ったんだ、フィレンツェの南？　ボローニャの南でしょう！　って」

勘定を待っていると、ブラッガドーチョが声を低めてこう言った。「金を貸してくれないかな？　二か月で返すよ」

「おれが？　きみと同じで一銭もないよ」

「そうか。きみがシメイからどれほどもらうのか知らないし、それを知る権利もない。言ってみただけだよ。でも、勘定は払ってくれるだろう？」

こうして私はブラッガドーチョを知ったのだった。


*（57ページ）イタリア炭化水素公社ＥＮＩの会長時代、中東の産油国と独自の協定を結び、石油メジャー寡占の打破をめざした。一九六二年に原因不明の飛行機事故で死亡。

4　四月八日　水曜日

翌日には、ほんとうの意味での最初の編集会議があった。「さて、紙面づくりだが」、シメイは言った。「今年の二月十八日の新聞をつくろうと思う」

「どうして二月十八日なんですか」カンブリアが尋ねた。のちに、最も馬鹿な質問をする男として抜きんでた人物だ。

「この冬の二月十七日、マリオ・キエーザのオフィスにカラビニエーリ*が入った。キエーザは高齢者施設ピオ・アルベルゴ・トリヴルツィオの会長、しかもミラノの社会党の重要人物だ。彼がモンザの清掃会社に仕事を請け負わせる代わりに賄賂《わいろ》を請求したのは、みなも知っている通りだ。一億四〇〇〇万リラのビジネス、その一割を取るのだから、老人ホームだって馬鹿にならない。たんまり搾り取れる金づるだ。それも、今回がはじめてではない。清掃会社のほうが金をだし続けるのに悲鳴を上げて、キエーザを訴えでたのだから。こうして、一四〇〇万リラのうちの一回分の払いを手渡しに行った。マイクとビデオカメラを隠しもって。そして、キエーザが札束を受け取るや否や、カラビニエーリがオフィスになだれ込んだわけだ。ぎょっとしたキエーザは、引き出しから、ほかの誰かから吸いあげたもっと大きい札束を取り出し、水洗トイレに捨てようと便所に飛び込むが、紙幣の山を破棄する間もなく、手錠をかけられた。……と、これが経緯だが、みなも憶えているはずだ。カンブリア、翌日の新聞では何を語るべきか、わかっていると思う。資料室に行って、この日のニュースをよく読んできたまえ。そして、一段のトップ記事にまとめる。いや、それより長々とした記事にしよう。記憶違いでなければ、あの晩のテレビニュースではこの件は扱わなかったはずだ」

「オーケー、ボス。行ってきますよ」

「ああ、ちょっと待ってくれ。ここが『ドマーニ』紙の使命がかかわってくるところなのだが、その後の何日か、この件をあまり重要視しない風潮があったのをみなも憶えているだろう。それに、ベッティーノ・クラクシ*もキエーザなどただのペテン師だ

＊国防省に属する軍警察。イタリアの警察機関のひとつ。

から見放すと言ったのだが、二月十八日の読者にはまだ知り得なかったのは、検事たちが捜査を続け、まさにマスティフ犬と呼ぶにふさわしいあのディ・ピエトロ検事が頭角を現しつつあったということ。今ではもう知られた人物だが、あのころはまだ誰もその名を聞いたこともなかったのだ。ディ・ピエトロはキエーザを尋問し、キエーザのスイスの口座を発見し、彼だけが例外ではないことを告白させた。つまりは、すべての政党を巻き込む贈賄システムを少しずつ明るみにだしているわけだが、その最初の結果はつい先日我々も目にしたところだ。選挙でキリスト教民主党と社会党がかなり票を減らし、北部同盟が票を伸ばしたのを見ただろう。ローマの政権を敵対視する北部同盟はこのスキャンダルをいい機会に力を増している。今や逮捕者が続出し、各政党は次第に崩れつつある。こう言いだす者すらあるのだ。ベルリンの壁が崩れ、ソビエト連邦が解体した今、アメリカにとってイタリアの政党を操作することなど必要ではなくなり、検事たちの手に委ねたのだと。あるいは、大胆な仮説をたてれば、検事たちはアメリカの諜報機関がつくった台本をもとに演じているのかもしれない。まあ、今は大げさなことを言うのはやめておこう。ともあれ、これは今日の状況だが、二月十八日の段階ではその後起こったことなど誰も想像できなかった。しかし、『ドマーニ』紙は一連の予測をたててそれを想像するわけだ。この予測とほのめかしの記事は、ルチディ、きみにまかせたい。巧妙に『ともすれば』『おそらくは』といって、実際にはのちに現実になったことを語る。政治家の名前も若干入れて。ただし、各政党にうまく振り当て、左派も入れることを忘れないように。本紙がほかの証拠も集めつつあることを匂わせ、二月から二か月後に起こったことを知っている者でも0－1号を読んだら死ぬほど仰天するような書き方をすることだ。今日の日付のゼロ号が出たら一体どんな紙面になることか、と思わせる……。わかったか？　じゃあ、仕事だ」

「どうしてその役を私に？」ルチディが尋ねた。

シメイは奇妙な目で彼を見た。あたかも、私たちにはわからなくても彼だけはわかっているはずだとでも言うように。「きみは噂を集めて伝えるべき人に伝えるのが得意なようだから」

あとで、シメイとふたりきりになったときに、どういうことなのかと尋ねてみた。「ほかの連中には漏らさないでほしいんだが」こうシメイは言った。「ルチディには諜

＊（61ページ）当時のイタリア社会党書記長。一九八三年から一九八七年まで首相をつとめた。

報部の息がかかっているようなのだ。ジャーナリズムは隠《かく》れ蓑《みの》だと思う」

「スパイだというのですか。しかし、どうして、スパイを編集部に入れようなどと考えたのです?」

「我々のことを探ろうがどうってことはない。一体何を密告できるというのだ? ゼロ号のどれを読んでも課報部にはすぐわかるようなことしか伝えられないのだから。が、ほかの者たちを探って知り得た情報を、彼はもってきてくれるかもしれない」

シメイは偉大なジャーナリストではないだろう、と私は思った。が、彼なりにその種にあっては才人だ。毒舌で有名な指揮者がある音楽家について言ったとされる言葉が、頭に浮かんだ。「その種にあっては天才だが、その種というのがゲテモノだ」

5　四月十日　金曜日

　0―1号に載せる内容について考え続ける一方で、シメイは本題からそれて、編集部全体にとってのいくつかの重要な原則について話しだした。

「コロンナ、民主的なジャーナリズムにとって基本的な原則をいかに遵守《じゅんしゅ》するか、あるいはいかに遵守するように見せるかをみなに説明してくれないかね。つまり、事実と意見との区別だ。『ドマーニ』紙は数多くの意見を載せることになるだろう。そして、それが意見であることを強調する。では、どのようにして、他の記事では事実のみを語っているのだということを示すのか」

「簡単なことですよ」私は言った。「イギリスやアメリカの大新聞を見ればわかります。たとえば、火事であるとか交通事故などを語るのであれば、それについてどう思うかなどは書けない。だから、カギかっこをつけて、目撃者の証言、道行く人、あるいは世論の代表者の言葉を挿入する。カギかっこさえつければ、こういう言葉も事実になる。つまり、これこれの人がしかじかの意見を言ったという事実です。けれども、記者は自分と同じ考えの人の意見を載せたのだと疑うこともできる。したがって、ふたつの相対する主張を載せて、ひとつの出来事について異なる意見があることを示し、新聞は反駁《はんばく》の余地のない事実として報道するわけです。この場合の巧妙な策は、まず、ありきたりの意見を紹介し、次にもうひとつの意見を、記者の考えに非常に近い、より論理的な意見を紹介すること。こうすれば、読者はふたつの事実を情報として得た印象をもつが、実際にはそのうちのひとつだけを、より説得力のあるものとして受け取るように仕向けられるわけです。たとえば、高架橋が崩れ落ち、大型トラックが落下、運転手は死亡した。事実を正確に報告したあとで、記事にこう書かれたとする――道の角に売店をもつロッシ氏（四十二歳）に話を聞いた。『運が悪かったんですよ。誠に気の毒だが、運命は変えられない』と氏は語った。そのすぐ後に、付近の工事現場で働いていたレンガ積み工のビアンキ氏（三十四歳）がこう語ったとする。『市の責任だ。この高架橋に問題があることは前々からわかっていた』と。読者はこのどちらに同意するか。何者か、あるいは何かのせいだとする者、責任を問う者と自分を同一化するはずです。わかりますよね？　何をどのようにカギかっこに入れるかが問題なんです。少し練習してみましょう。コスタンツァ、あなたから。フォンターナ広場で爆弾が爆発した*」

コスタンツァは少し考えてから、こう言った。「ともすれば爆発時に銀行の中にいる可能性もあった市職員ロッシ氏（四十一歳）は、こう語った。『付近にいて、爆発音を聞いた。恐ろしかった。何者かが裏にいるのだろうが、それが誰なのかはきっとわからないだろう』と。ビアンキ氏（五十歳、理髪師）もまた、爆発時にその近くを歩いており、耳をつんざくような恐ろしい爆音を聞いたと言う。そして『典型的なアナーキストの陰謀だ。間違いない』とコメントした」

「すばらしい。では、フレジアさん、ナポレオン死去のニュースが届いたとする」

「そうね……。では、ブランシュ氏。年齢と職業は前のと同じでいいとして、ブランシュ氏はこう言った。『気の毒に、もはや落ちぶれた男をあんな島に閉じ込めるなんて、おそらく不当な処分だった。彼にだって家族はあったのに』マンゾーニ氏、いえ、マンソニー氏は言った。『マンサナーレス川からライン川にいたるまで**、世界をすっかり変えた男が死んだ。偉大な人物だった』」

＊フォンターナ広場爆破事件。一九六九年、ミラノのフォンターナ広場に面する全国農業銀行が爆破された事件。いまだ真相は明らかになっていない。

「マンサナーレス川はいい」シメイは微笑んだ。「しかし、人目につかないように意見を忍び込ませるにはほかの方法もある。新聞に何を載せるかは、よその編集部で言うように、予定表をつくる必要がある。この世には報道すべきニュースは無限にあるが、どうしてベルガモで起こった交通事故は伝えねばならず、メッシーナで起こった事故は無視しなければならないのか。ニュースが新聞をつくるのではなく、新聞がニュースをつくるのだ。さらに、四つの異なるニュースをひとつにまとめることができれば、それは読者に五つ目のニュースを提供することになる。これは一昨日の新聞だが、同じ面にこうある。ミラノ、生まれたばかりの息子をWCに遺棄。ペスカーラ、ダヴィデの死に兄は無関係。アマルフィ、拒食症の娘を委ねた心理セラピストを詐欺で告発。ブスカーテ、十五歳時に八歳の子どもを殺した男が十四年後に教護院を出所。四つの記事がすべて同じ面に掲載されている。面の大見出しは、『社会、子ども、暴力』。たしかに、未成年の関係する暴力的な出来事が語られているが、どれも異なる現象を扱ったものだ。この中で嬰児《えいじ》殺しの一件だけは、子どもに対する親の暴力だが、心理セラピストの事件は子どもが関係するとは思えない。拒食症の娘は年齢が書かれていないからだ。ペスカーラの少年の話は、少年は事故死で、むしろ暴力が使われなかったことを示している。最後のブスカーテの事件は、よく見れば三十に手の届く立派な大人の話で、ニュースになった事件そのものは十四年前のもの。この紙面で新聞は何を言わんとしているのか。おそらくはとくに意図的なことはなく、無精《ぶしょう》な編集者が通信社から配信されたニュース四つを見て、これを一緒に並べればインパクトの強い紙面になると考えたのかもしれない。しかし、実際のところ、この新聞は一定の考えを、警告あるいは戒めのようなものを、読む者に伝える。いずれにせよ、読者のことを考えてみるといい。ひとつひとつをとってみれば、この四つの記事のどれも、とくに読者の関心を引くものではないが、四つをひとつにまとめると、どうしても目を止めてしまう。わかるかね？　新聞には南部カラーブリアの工員が同僚に襲いかかったという記事は書かれても、北部のクネオの工員が同僚を襲うことはまずないということについて、さんざん論じられたのは知っている。まさにこれは人種差別だが、しかし、たとえばクネオの工員が云々とか、メストレの年金生活者が妻を殺害、ボローニャの新聞雑誌販売店員が自殺、ジェノヴァのレンガ積み工が不渡り小切手を振り出したなどと言っても、彼らがどこで生まれたかなど読者にはどうでもいい。しかし、もしもそれがカラーブリアの工員であったり、マテーラの年金生活者であったり、フ

＊＊（67ページ）「マンサナーレス川からライン川にいたるまで」はイタリアの作家・詩人アレッサンドロ・マンゾーニがナポレオンの死に際して捧げた頌歌「五月五日」中の詩句。

オッジャの新聞雑誌販売店員、パレルモのレンガ積み工であったりすれば、イタリア南部の犯罪世界への不安を生むことになり、これはニュースになる……。我々の新聞はミラノで発行する。カターニアではない。だから、ミラノの読者の感受性を考慮しなければならないのだ。考えてもみたまえ、ニュースになる、というのはすばらしい表現だ。我々がニュースをつくり、ニュースにならせるのだ。そして、行間からそれが読みとれるようにしなければならない。ドットール・コロンナ、時間のあるときにスタッフみなで通信社の配信を読み、テーマ別の紙面をいくつかつくってみてほしい。ニュースのないところから、あるいはニュースの読み取れないところから、ニュースを立ちのぼらせる訓練だ。頑張ってくれ」

また別の話題は、否定に関するものだった。私たちはまだ読者のいない新聞だったから、どんな記事を載せようがそれを否定するものもなかったわけだ。しかし、ひとつの新聞の価値は否定に対処する能力からも測ることができる。腐敗に探りを入れることも恐れないという新聞であれば、なおさらのことだ。実際に記事が否定される場合に備えて訓練したり、読者からの手紙をいくつか書き、それに対する編集部の反駁も考えたりしておくのもよさそうだった。依頼者に、我々の気概を見せるためにも。

「昨日ドットール・コロンナと話したのだが、コロンナ、否定のテクニックについて、ひとつレッスンをお願いできないかね？」

「いいですよ」私は言った。「架空の手紙で、しかも誇張されたものを例にとりましょう。何年か前の『エスプレッソ』誌に出た否定のパロディーです。編集部がプレチーゾ・ズメントゥッチャ（こと細かく否定する）氏なる人物から投稿を受け取ったという仮定になっています。読みましょう」

編集長殿

先週号に載ったアレテーオ・ヴェリタ（真実を改竄《かいざん》する）氏による記事、「十五日に私はいなかった」について、以下のように内容を正させていただきます。私がユリウス・カエサルの殺害の場に居合わせたというのは嘘です。同封の出生証明書からもおわかりいただけるように、私は一九四四年三月十五日にモルフェッタで生まれました。つまりは、私自身常に非難してきたあの不幸な出来事の何世紀もあとのことです。ヴェリタ氏はおそらく、私が四四年三月十五日の日をいつも友人たちと祝うと言ったのを、誤解されたものと察します。

また、私がブルトゥスなる人物に「フィリッピで会おう」と言ったというのも間違いであります。私はブルトゥス氏と会ったこともありませんし、先日までその名も知りませんでした。短い電話インタビューの間に、たしかに私はヴェリタ氏に、交通政策評議員のフィリッピ氏に会うことを伝えました。しかし、それは市交通をめぐる会話の文脈で言った言葉です。そのような話の脈絡で、私は、刺客を送り込んでユリウス・カエサルなる危険な裏切り者を排除するなどと言ってはおりません。「死角を絞り込んでユリウス・カエサル駅の危険な踏み切りを排除する」と言っただけなのです。

お読みいただき、感謝いたします。

プレチーゾ・ズメントゥッチャ

「かくもこと細かい否定に、どうすれば面目を失わずに対処できるか。以下が適切な答えです」

まず、ユリウス・カエサルが四四年の三月十五日に殺されたことを、ズメントゥッチャ氏が否定するものではないことをここに確認します。同様に、ズメントゥッチャ氏が一九四四年三月十五日を記念して常に友人と祝うこともここに確認します。

私が記事のなかで明らかにしたかったのは、まさにこの興味深い習慣なのです。ズメントゥッチャ氏がこの日を酒池肉林で祝うには、おそらく個人的な理由があってのことでしょうが、少なくともこれが興味深い偶然の一致であることはお認めになるでしょう。また氏は、私との時間をかけた中身の濃い電話インタビューの間に、こう言われました。「私は常に、カエサルのものはカエサルに、という考えです」と。ズメントゥッチャ氏に非常に近い消息筋は（その信憑性《しんぴょうせい》についてはまったく疑いの余地はありません）、カエサルが得たものは二十三もの刺し傷であったと断言しています。

ズメントゥッチャ氏はその手紙において、カエサルを刺した張本人が誰であるかへの言及を避けていることを指摘しておきます。フィリッピについての何とも苦しい訂正については、手元の私の手帳を見れば一目瞭然で、氏は「フィリッピのところで会おう」とは言っておらず、「フィリッピで会おう」と言っています。

同様に、ユリウス・カエサルに対する表現が威嚇的なものであったことも確言できます。今手元にある手帳のメモには、はっきりこうあります。「シカク　ユリウス・カエサル　キケン　…キリ　ハイジョ」あらゆる手段に訴え、言葉をもてあそんだところで、重い責任を逃れることも、あるいはメディアの発言を禁じることもできないのです。

「署名として、アレテーオ・ヴェリタのイニシャルが続きます。さて、この否定への反論のどこが効果的なのか。まず、雑誌の記事は、ズメントゥッチャ氏に近い消息筋から得た情報に基づいているという点。これはどんなときにも有効です。情報の出所は明かさないが、この雑誌社には部外秘の情報源がある、おそらくはズメントゥッチャ以上に信憑性のある情報源があるのだと暗に匂わせます。それから、取材記者の手帳を引いている点。たとえ誰も手帳を見ないにせよ、生の取材からの筆記があるということはこの雑誌に対する信頼を生み、記録が存在するのだと思わせる。最後に、それ自体は大して意味のないほのめかしを繰り返すことで、ズメントゥッチャに対し疑惑の影を投げかけることになります。これはパロディーですから、反論はかくあるべきとは言いません。が、反論に反論するにあたって、基本的な三点を憶えておいてください。証言の収集、手帳のメモ、反論者の信憑性をめぐる当惑。よろしいですか」

「了解」とみなが声を合わせて言った。そして翌日には、ありそうな反論の例、そして例のパロディーほどグロテスクではないが、同様に効果十分の反論の反論を各人がもってきた。私の弟子たちはレッスンをよく理解してくれたのだ。

マイア・フレジアの考えてきたのはこういうものだ。「『反論があったことは認めますが、記事の掲載内容は司法官の記録、すなわち事前捜査の通知から理解できるものであります』ズメントゥッチャが結局は予審で無罪放免となったことは、読者は知らない。司法官の記録が部外秘であり、どうやって雑誌社が入手できたか不明であることも、読者は知らないし、どれほどの信憑性があるかも知らない。ドットール・シメイ、私は宿題はやりました。でも、言わせていただきますが、ちょっと悪質だと思います」

「お嬢さん」、シメイは諭した。「雑誌社が情報源を確かめなかったことを認めるほうが、より悪質なんじゃないかね？　ともあれ、他人が確かめることのできるデータを公言するより、ほのめかしに留めたほうがいいというのには私も賛成だ。ほのめかすというのは、何かはっきりしたことを言うというのではない。反論者に対して疑問を抱かせることになればそれでいい。たとえば、『細かなご指摘があったことは喜んで受け止めます。が、本誌の知る限りズメントゥッチャ氏は』（常に氏《シニョール》を使うこと。議員《オノレヴォレ》であるとか、ドットールは使わない。我が国において、シニョールは最高の侮辱なのだから）*、『本誌の知る限りズメントゥッチャ氏は、さまざまな雑誌に何十もの反論を寄せているようです。これは氏のフルタイムの衝動的活動と見られます』。ここで、ズメントゥッチャがさらに反論してきたら、こちらではそれを掲載する義務はない。あるいは、引用してズメントゥッチャ氏は同じことを繰り返し言ってくるとコメントしてもいい。そうすれば、読者もズメントゥッチャはパラノイアだと確信する。ほのめかしの利点に留意してほしい。ズメントゥッチャが他誌にも反論を書いていると言うことで、こちらでは、否定しようのない単なる事実を述べている。効果的なほのめかしとは、それ自体はとくに価値のない事実、しかも、ほんとうであるので否定しようのない事実についてのものだ」

この助言を肝に銘じ、次に私たちは、シメイの言うブレインストーミングに没頭した。パラティーノはこれまでクイズ雑誌に寄稿していたことを思い起こして、テレビ番組表、天気予報、星占いとともに、半ページぐらいのクイズやパズルも新聞に載せたらどうかと言った。

シメイが彼の言葉を遮った。「そうだ、星占い！　いいことを思い出させてくれた。本紙の読者が真っ先に読むのは星占いだよ！　シニョリーナ・フレジア、これがあなたの最初の仕事だ。星占いを載せる雑誌や新聞をいくつか読んで、よくあるパターンを拾いだしてくれるかね。が、楽観的な予想だけにしてくださいよ。来月ガンで死ぬなんてことは言われたくないものだから。そして、どんな人にも合うような予想を考えること。つまり、生涯愛することとなる青年に出会うと言われても、六十歳の女性読者には自分のこととしては考えられない。が、占いの内容が、山羊座の人にはここ数か月の間に幸せな出来事があるだろうということであれば、誰にでも当てはまる。思春期の少年少女にも（彼らがこの新聞を読むとすればだが）、若作りの中年女性にも、昇給を待つ会社員にも。が、パラティーノ、パズルの話に戻ろう。どのようなものを念頭に置いている？　クロスワード・パズルなど？」

「クロスワード・パズルといっても」パラティーノが言った。「『モナリザ』を描いたのは誰かなどという程度の問題を出さなければならないので……」そこでダ・ヴィンチと答える読者がいたら、大したもんだ、とシメイはせせら笑った。「それに比べて外国のクロスワード・パズルは、言葉の定義自体が謎解きのようになっています。たとえば、あるときフランスの新聞に『お人好し《センプリチ》と仲がいいのは誰か』というのがあった。答えはエルボリスタ（薬草調合師）。センプリチと言ったら、お人好しだけではなく、薬草の意味もありますから」

＊（75ページ）35ページ注参照。

「それは我々向きではないな」とシメイ。「本紙の読者はセンプリチと言ってもそれが何なのか知らないし、おそらくエルボリスタがどんな人物で何をするのかも知らない。例のダ・ヴィンチとか、イヴの夫、オタマジャクシの親、こういう程度のものにしてくれ」

ここで、マイアが発言した。何かいたずらでもしようというような、子どもっぽい笑みを浮かべ、顔を輝かせて。クロスワード・パズルはいいけれど、読者は自分の答えが正しいかどうか知るのに次の号を待たなければならない。それよりも、前号で読者参加型のクイズを募集したということにして、最もユーモアのある読者の答えを掲載するのはどうかと。たとえば、馬鹿げた問題に対する、これまた馬鹿な答えを募集したとする。

「一度、大学でくだらない質問と、同じぐらいくだらない答えを考えて遊んだことがあるんです。たとえば、どうしてバナナは木に生《な》るのか。地面に生っていたら、たちまちワニに食べられてしまうから。どうしてスキーは雪の上を滑るのか。キャビアの上を滑るのだとしたら、世にも高価なウインター・スポーツになってしまうから」

パラティーノが大喜びで言った。「どうしてカエサルは、死ぬ前に『トゥ・クォークェ・ブルーテ（ブルトゥス、おまえもか）』などと言う暇があったのか。ナイフを刺したのが、プブリウス・コネリウス・スキピオ・アフリカヌス・マイヨルではなかったから。どうして我々の文字は左から右へ書くのか。そうでなかったら、文章がピリオドではじまることになってしまうから。どうして平行線は決して交差しないのか。交差するとしたら、平行棒の練習をするとき足を折るだろうから」

　ほかのみなも熱くなり、ブラッガドーチョが競争に参加してこう言った。「どうして指は十本なのか。もしも指が六本だったら十戒も六戒になり、たとえば盗みを働いてもいいことになってしまうから。どうして神はこの上なく完全なる存在なのか。もしもこの上なく不完全な存在だったら、私のいとこのグスターヴォだろうから」

　私もこのゲームに加わった。「どうしてウィスキーはスコットランドで発明されたのか。日本で発明されていたとしたら日本酒になってしまい、炭酸ソーダで割れなくなるから。どうして海はこんなにも大きいのか。それは、魚が多すぎて、グラン・サン・ベルナール峠に全部の魚をもっていくのは不合理だから。どうして雌鶏は百五十回鳴くのか。* 鳴くのが三十三回だったらフリーメーソンのグランド・マスターだろうから**」

* イタリアのわらべ歌にある。

「こういうのはどうだ？」とパラティーノ。「どうしてコップは上が開いていて下が閉じているのか。もしもその反対だったら、バールというバールは倒産するだろうから。どうして母親はどんなときにも母親なのか。ときに父親になることがあったとしたら、産婦人科医はどうしたらいいかわからなくなるから。どうして爪は伸びるのに歯は伸びないのか。そうでなかったら、神経質になったときに歯をかじることになるから。どうして尻は下で頭は上にあるのか。もしも反対だったら、トイレの設計が大変になるから。どうして脚は膝の内側に向かって折れ、外側には折れないのか。そうでなかったら飛行機の緊急着陸の場合に非常に危険だから。どうしてコロンブスは西へと航海をしたのか。なぜなら、東に航海したとしたら、フロジノーネ*を発見しただろうから。どうして指には爪があるのか。なぜなら、もしも瞳孔があったとしたら、目になってしまうから」

競争はもう止まらなかった。マイアがまた口を開いた。「どうしてアスピリンの錠剤はイグアナとは違うのか。それは、違わなかったらどうなることか、想像できるから。どうして犬は飼い主の墓の上で死ぬのか。墓の上には木がなく、おしっこができなくて三日後には膀胱が破裂するから。どうして直角は度数で言うと九〇度になるのか。これは設問が悪い。直角は何も言わないのだから」

「もう十分だ」シメイが言った。彼もときに頬が緩むのを禁じ得なかったのではあるが。「これじゃまったく学生気分だ。いいか、本紙の読者は、何と言ったかな、『優美な屍骸』などをやってたシュルレアリストの作品を読むようなインテリではないのだぞ。すっかり真に受けて、こちらの頭がおかしいのだと思うだろう。さあ、遊びはこれぐらいにして、真面目な提案をしてくれたまえ」

こうして、「どうして」コーナーはお払い箱にされた。残念なことに。おもしろいものになったろうに。ともあれ、このエピソードをきっかけに私はマイア・フレジアにより注意を向けるようになった。これぐらいユーモアがあるのなら、感じも悪くないはずだ。そして、彼女なりにいい感じではあった。どうして彼女なりと？　私にはまだ彼女の人となりがわからなかったが、でも好奇心はそそられた。

しかし、フレジアは明らかに不満だったようで、得意な分野に近いことを提案しようと、「ストレーガ賞の第一次選考が近づいていますが、その関係の本のことを書かなくていいんですか」と尋ねた。

＊＊（79ページ）フリーメーソンのグランド・マスターは三十三階級の最上位。

＊イタリア中部の内陸の都市。

「きみたち若い者は文化のことばかりだ。幸いあなたは大学を卒業していない。そうでなかったら、五十ページもの評論でも提案されるところだ……」

「卒業はしていませんが、本は読みますよ」

「ここでは文化的なことはあまり扱うわけにはいかない。本紙の読者は本を読まないから。せいぜいスポーツ新聞を読む程度だ。しかし、たしかにそうだ。文化面とまでは言わないが、文化・芸能面の一面ぐらい新聞には必要だ。ただし、際立つ文化的な出来事はインタビューの形で載せる。著者へのインタビューは平和的でいい。自著を悪く言う著者はいないから、辛辣な酷評を目にして読者が眉をひそめるような恐れもない。それに、質問次第でもある。本のことばかり話すのではなく、クセや弱みなど、作家の人となりを引き出すようにする。シニョリーナ・フレジア、熱々の仲をつくりだす経験を積んだと言ったね。今評判の作家へのインタビューを、むろん想像上のインタビューだが、ひとつ考えてくれたまえ。恋愛小説だったら、著者に初恋の思い出を語らせる、あるいはライバルへの当てこすりなども。一冊の本を、主婦でもわかるような人間的なものにするのだ。そうすれば、あとでその本を読まなくても後ろめたさを感じることもないし、そもそも新聞の書評に載る本など誰も読みはしない。だいたい評者だって読まないのだ。著者自身が読んだとしたら、それだけでけっこうなものだ。中には、著者も読んでないのではないかと思うような本もあるがね」

「何てことかしら」マイア・フレジアが真っ青になって言った。「私、アッアッ交際の呪縛からは逃れられないのね……」

「経済や国際政治の記事を書かせるつもりで本紙に呼んだなどと思ってはいないだろう？」

「想像はしていましたが、そうではないことを願っていました」

「さあさあ、突っ立っていないで、とにかく何か書いてみて。みな、あなたにはとても期待していますよ」

6　四月十五日　水曜日

カンブリアがこう言ったときのことを憶えている。「ラジオで聞いたのですが、大気汚染が若い世代のペニスの大きさに影響を与えていることを証明する研究があるそうです。私が思うに、これは息子の世代だけではなく、息子のおチンチンの大きさをいつも自慢げに話す、その父親たちにもかかわる問題ではないかと。私の息子が生まれて病院の新生児室で見せられたときにも、私自身、おお立派な金玉だと言って、同僚たちに言いふらした憶えがある」

「生まれたばかりの男児はみな巨大な睾丸をしている」シメイが言った。「そして、父親はみなそう言う。そのうえ、きみも知っているように、病院ではしばしばタグを取り違えて、自分の息子と思ったのが実は違う場合もある。きみの奥さまには最大の敬意をもって言うのだが」

「が、このニュースは、父親に身近にかかわってくる問題です。成人の生殖器官に有害な影響があるというのだから」カンブリアはこう反論した。「世界の汚染が進むと、クジラだけではなく、(専門用語をお許し願えれば)ムスコまで害を被るということが知られるようになれば、瞬く間に環境保護への方向転換が見られると思うんですが」

「それは興味深い」シメイがコメントした。「が、コンメンダトーレが、あるいは少なくともそのまわりの者たちが大気汚染の減少に関心をもつなど、どうしてわかるのかね?」

「少なくとも、警告を発することになるでしょう。しかも、非常に重要な」とカンブリア。

「おそらくは。しかし、我々は警告で世を騒がせる新聞ではないのだ。それは、テロリズムになる。天然ガスの導管、石油、我が国の鉄鋼業を問題視する? 本紙は緑の党の機関紙ではないのだ。本紙の読者には警告を発するのではなく、安心を与えなければならない」こう言ってふと考え込み、シメイは続けた。「たとえば、陰茎に有害なものというのが製薬会社の出すもので、警告を発するのがコンメンダトーレにとって不都合ではないとなれば話は別だ。が、これはその都度検討する必要がある。ともあれ、アイディアがあったら何でも出してほしい。それを発展させるべきかどうかは私が考えよう」

その翌日、ルチディは実質上ほぼでき上がった記事をもって編集室に現れた。こういう話だ。彼の知人が、「エルサレムの聖ヨハネ騎士団－マルタ騎士－サント・トリニテ・ド・ヴィルデュ大修道院－バレッタ本部－ケベック修道院」から一通の手紙を受け取った。額縁入り賞状、メダル、勲章その他のおまけ用のかなり多額の経費を負担して、マルタ騎士団の騎士にならないかという内容だ。ルチディは思い立って騎士団関係の経緯を調べ、驚くべき発見をした。

「どこぞのカラビニエーリの報告書にあるのですが（どうやって入手したかは聞かないでほしい）、複数の偽のマルタ騎士団が告発されています。十六あって、正真正銘の『ロードスおよびマルタにおけるエルサレムの聖ヨハネ病院独立騎士修道会』とは異なります。本物の本部はローマ。どれもが、微妙な違いの似たり寄ったりの名称で、どれもが自分たちこそマルタ騎士団だと言い、互いに他の騎士団を否定している。一九〇八年、ロシア人のグループがアメリカ合衆国で騎士団を創立し、後年にはロベルト・パテルノ・アイエルベ・アラゴン殿下が総長となっている。ペルピニャン公、アラゴン王家の当主、マヨルカ王国の王位復権要求者で、パテルノのサンタガタの首飾り騎士団ならびにバレアレス諸島の王冠騎士団グランド・マスターという人物です。しかし、一九三四年にはこの一団からひとりのデンマーク人が離脱して別個の騎士団を創立し、ギリシャおよびデンマーク王子ペトロス・ティス・エラザスをその長に据える。一九六〇年代になって、ロシア人の創立した騎士団から離脱したポール・ド・グラニエ・ド・カサニャックがフランスで騎士団を創設、ユーゴスラヴィア元国王ペータル二世を擁護者に選んでいます。そして一九六五年、ペータル二世はカサニャックとけんか別れしてニューヨークでまた別の騎士団をつくり、ギリシャおよびデンマーク王子ペトロスがその会長となる。一九六六年にはその総長として、ロバート・バサラバ・フォン・ブランコヴァン・キンチャクヴィリなる人物がでてくるが、その後除名されて、マルタ全教会騎士団を創立する。そして、その帝国ならびに王国擁護者がエンリコ三世コンスタンティーノ・デ・ヴィゴ・ラスカリス・アレラミコ・パレオロゴ・デル・モンフェッラート公となっている。ビザンツ皇帝位の後継者、テッサリア公を自称し、のちにまた別のマルタ騎士団を創立した人物です。それから、カサニャックの騎士団から離れたルーマニアのカロル公がつくったビザンツ保護領というのがあります。そして、トナ・バーデスなる人物が総長をつとめる大騎士団があり、そここではユーゴスラヴィアのアンドレイ公（すでにペータル二世の創立した騎士団のグランド・マスターだったが）がロシア騎士団のグランド・マスターになっている（後年、これはマルタならびにヨーロッパ王立騎士団となる）。一九七〇年代につくられた騎士団もあります。創立者はド・ショイベール男爵と、ヴィットリオ・ブーザ。後者はすなわち、ビャウィストク正教会大主教にして、東西ディアスポラ総主教、グダニスク共和国ならびにベラルーシ民主共和国大統領、タタールならびにモンゴリア大ハーンのヴィクトル・ティムール二世。それから、先に言ったロベルト・パテルノ殿下がアラロ男爵・侯爵とともに一九七一年に創立した国際大騎士団というのがあって、一九八二年には、パテルノ家の別の人間が大擁護者になっています。皇帝家当主コンスタンティノープルのレオパルディ・トマッシーニ・パテルノ、ビザンチン典礼カトリック正教会により正統の継承者と認められた東ローマ帝国後継者にして、モンテアペルト侯爵、ポーランド王選定侯。一九七一年にはマルタに、エルサレムの聖ヨハネ騎士団（つまり、私の調査の出発点）が現れる。バッサラバの騎士団から分離したもので、それに高貴なる庇護を与えるのが、ラ・シャストレ公、デオル君主・侯爵のアレッサンドロ・リカストロ・グリマルディ・ラスカリス・コムネノス・ヴェンティミッリャ。現在のグランド・マスターは、カルロ・スティヴァラ・ド・フラヴィニー侯爵で、リカストロが没するとピエール・パスルーを参加させ、そしてこのパスルーがリカストロのもっていた称号をすべて引き継ぎ、さらに、ベルギー・カトリック正教会大主教・総主教、エルサレム聖堂騎士団グランド・マスター、メンフィス・ミツライム統合の本源古式東方儀礼式、世界フリーメーソン結社グランド・マスター兼大神官。忘れてました。付け加えると、マグダラのマリアと結婚してメロヴィング朝の始祖となったイエス・キリストの子孫として、シオン修道会の会員になることも可能です」

「こういった人物の名前だけだってニュースになる」浮き浮きとメモをとっていたシメイはこう言った。「考えてもみたまえ。ポール・ド・グラニエ・ド・カサニャック、リカストロ・(何だっけ?)グリマルディ・ラスカリス・コムネノス・ヴェンティミッリヤ、カルロ・スティヴァラ・ド・フラヴィニー侯爵……」

「……ロバート・バサラバ・フォン・ブランコヴァン・キンチャクヴィリ」ルチディが誇らしげに言った。

「おそらくは、本紙の読者の多くもこの種の罠をかけられたことがあるでしょうね。これは、そういう手口から身を守るための助けになりますね」と私。

シメイは一瞬ためらい、少し考えさせてくれと言った。翌日には明らかに調べをつけていて、我々の発行者が自分をコンメンダトーレと呼ばせるのは、ベツレヘムの聖母マリア騎士修道会の称号《コンメンダ》を付与されているからだと伝えた。「そして、このベツレヘムの聖母マリア騎士修道会というのもまた、でっちあげだ。本物は、ドイツ人の聖母マリア騎士修道会、教皇庁年鑑にも公認記録のある、いわゆるチュートン騎士団だ。次々にバチカンで起こる怪しげな出来事を思えば、これだって信用したくなるが。ともあれ、ベツレヘムの聖母マリア騎士修道会のコンメンダトーレといえば、桃源郷の市長さんみたいなもの、ということだ。我らがコンメンダトーレの称号に影を投げかけるような、あるいは笑いものにするような記事を載せられると思うかね？　みなにそれぞれの幻想を残しておこう。ルチディ、残念だが、きみの傑作はお払い箱だ」

「つまり、記事を書くたびに、コンメンダトーレの意に沿うかチェックしなければならないということなのですか」カンブリアが尋ねた。例によって、馬鹿な質問に長けた男だ。

「むろんだ」とシメイ。「我々の命運を決める、いわば筆頭株主なのだから」

ここでマイアが勇気をだして、こういう調査はどうだろうと話しはじめた。ポルタ・ティチネーゼ方面の、日増しに観光化しつつある地域にパッリャ・エ・フィエーノというピッツェリア・リストランテがある。自分はナヴィッリョ運河沿いに住んでいるから、もう何年もその前を通る。そしてもう何年もの間、広々としたこのピッツエリアは（ガラス越しにのぞいても、少なくとも百席は目に入る）、いつも侘しいばかりにガラガラで、外のテーブルでコーヒーを飲む観光客がちらほらいる程度。とはいえ、廃れてしまっているわけではない。一度、好奇心で入ってみたが、二十ほど離れた遠くのテーブルにひと家族がいるだけで、あとは自分ひとりだった。店の名にあるパッリャ・エ・フィエーノ、*白ワインを四分の一リットル、リンゴのケーキを注文したが、妥当な値段でどれも美味、給仕もとても親切だった。さて、スタッフも調理場その他も整ったこれほど広いレストランを経営していて、何年も客がまったくこないとしたら、ふつうは店をたたむはずだ。ところが、パッリャ・エ・フィエーノはいつだって開いている。毎日毎日、おそらくはもう十年ぐらい、三千六百五十日かそこら、ずっと営業し続けている。

「何か謎があるな」とコスタンツァが言った。

「謎というほどのものではないんです」とマイア。「簡単に説明がつきますから。三合会かマフィア、あるいはカモッラ組織のものなのでしょう。汚いお金で店を買い取

*「麦わらと干し草」の意で、黄色と緑色のタリアテッレを使ったパスタ料理。

り、白日の下での投資にする。でも、もう投資は済んでいて、その価値は建物のこのスペースにあるわけだから、これ以上お金を使わず店など閉めてもいいはずだって、思いませんか。それなのに店は営業している。なぜ？」

「なぜなんだ？」例のごとくカンブリアが聞いた。マイアの答えは、彼女の頭脳がなかなかに切れることを示していた。「店は、毎日毎日入ってくる裏金の資金洗浄に必要なのです。実際に店に入ってくる客はほんのわずかだけれど、毎晩、客が百人も入ったようなレシートを打つってこと。売り上げをはっきりさせたら、それを銀行にもっていく。多額の現金をちらつかせて怪しまれないように（クレジットカードで払う客なんていないわけだから）、たとえば二十ぐらいの異なる銀行に口座を開く。この、もはや合法な資本となったものについて、経営にかかる費用や材料費（偽の領収書なんて難なく入手できる）をたっぷり差し引いて必要な税金を払うんです。マネー・ロンダリングの場合、五〇パーセントくらいは失う覚悟でいなければならないって言われるけれど、このシステムなら損失もずっと少ないはず」

「でも、どうやってそれを証明する？」パラティーノが尋ねた。

「簡単よ」と、マイア。「財務警察官がふたり、そうね、彼と彼女が、夕食に行くんです。新婚のカップルのような感じで食事をして、まわりを見ると他にいる客はふたりぐらい。次の日に、財務警察が調査に行き、レシートが百ほど打ってあるのを見る。さあ、店ではどんなふうに答えるかしら」

「そう簡単ではないと思うな」私は言った、「財務警察官が夜の八時に店に行ったとしよう。どんなに食べたとしても九時過ぎには店を出なければならない。そうでなければ、変に思われる。その後、百人の客が九時から十二時の間に入らなかったって誰が証明できる？　ひと晩の観察に、三、四カップルの警察官を送り込む必要がある。そして翌日の調査だが、どうなると思う？　財務警察官は売り上げ高を申告しない者を見つけたときは大喜びだろうが、多すぎる額を申告する者に対しては一体何ができる？　店では、レジスターが故障して最初から打ち直してしまったのだということもできるだろう。その場合は、もう一度調査に入るのか？　彼らだって馬鹿じゃない。もう財務警察官の顔も憶えているから、二度目に客として入ってきたら、その晩は偽のレシートを打たないだろう。あるいは、幾晩も財務警察を店に送り続けるか。警察官の半数ほどがピッツァを食べ続け、一年ほどすればやつらを落とし込めるかもしれないが、おそらくその前にうんざりしてしまうよ。ほかにもやることはあるのだから」

「ともかく」マイアは苛立ち気味にこう言った。「うまいやり方を考えるのは財務警察であって、私たちはただこの問題に注意を向けさせればいいんじゃありませんか？」

「お嬢さんね」柔らかな口調でシメイが言った。「この調査を掲載したらどうなるか言いましょうか。まず、財務警察を敵にまわすことになる。店のごまかしに今まで気づかなかったことを、あなたはとがめるわけだから。そして、財務警察というのは報復を忘れない連中でね。我々に対してではなくても、コンメンダトーレ相手にはしっぺ返しがくる。そしてもう一方では、あなたが言うように、三合会、カモッラやンドランゲタ、あるいはそのほかの犯罪組織がある。彼らがおとなしくしているとでも？我々はのんびりと、編集部に爆弾でもしかけてくるのを待つわけですかね。そして、最後はこうだ。本紙の読者は、手軽な値段でミステリー小説まがいのピッツェリアで食事ができることにスリルを覚え、パッツリャ・エ・フィエーノは馬鹿な客でいっぱいになる。その結果、我々に残るのは彼らに儲けさせたという功績ぐらい。ということで、没だ。まあ、落ち着いて、星占いの仕事に戻ってください」

7　四月十五日　水曜日　晩

マイアがいかにもがっかりしたようすだったので、社を出るところで彼女に追いついた。自分でも気づかないうちに、彼女の腕に手をかけていた。

「マイア、気を悪くしないで。家まで送ります。途中、どこかで一杯やりましょう」

「ありがとうございます。ナヴィッリョ運河沿いに住んでいるんです。あのあたりは小さなバールがいっぱいで。大好物のベッリーニがとてもおいしい店があるの」

ティチネーゼ河岸通りに入り、私ははじめてナヴィッリョ運河を見た。もちろん運河のことは聞いたことがあるが、もうすっかり埋め立てられたものとばかり思い込んでいたのだ。が、こうしてみると、まるでアムステルダムにきたような気分だった。

マイアは少し自慢げに、昔のミラノはほんとうにアムステルダムのように、何重もの運河の輪が町の中心部まで続いていたのだと言った。ほんとうに美しい町だったに違いない、だからこそスタンダールもあれほど愛したのだ。しかし、その後、運河は衛生上の理由で覆われ、残っているのはこの地区だけだが、水は悪臭を放っている。昔は、川べりにはずらりと洗濯女が並んでいたものなのに。でも、少し内側に入れば、今もまだ古い家並みの見られる場所はある。「手すりに囲まれた家」*も。

「手すりに囲まれた家」もまた、私にとっては実体のない名前にすぎないものだった。あるいは、百科事典の仕事をしていたときに見つけた一九五〇年代の写真であり、ピッコロ・テアトロで上演されたベルトラッツィの『エル・ノスト・ミラン（我らがミラノ）』に出てくるものだった。が、そのときも、十九世紀のものだと思っていた。

マイアは笑った。「ミラノには今でも手すりの家はいっぱいありますよ。ただ、今は、貧しい人のための家ではなくなっている。こちらにきて。お見せするわ」と、私を中庭がふたつ続く中へと引き入れた。「一階は改造されて、ちょっとしたアンティークの店や（というより、どれもただの古道具屋が少し気どって高いお金をとるという感じですが）、有名になりたい画家のアトリエなどになっています。今ではどれもツーリスト向きね。でもその上の二、三階はまったく昔のままです」

上の階を見ると、扉から直接出られるバルコニーと鉄の手すりが、ぐるりと建物を囲んでいる。今も、外に洗濯物を干す人はいるのかと聞いてみた。

マイアは笑った。「ここはナポリじゃないのよ。それに今ではほとんどが改築されています。昔は、外付きの階段が直接バルコニーにつながっていて、そこから家に入るようになっていたけれど。トイレも数家族共同のものがバルコニーの奥にひとつあるきり。もちろん、しゃがみ式です。シャワーやバスタブなんて、夢のまた夢だったんですよ。今ではすべてがお金持ち用につくり直されていて、ジャクージ付きの目が飛び出るほど高価なアパートだってあります。私が住んでいるところはもっと安いところだけれど。壁に水漏れのするふた部屋のアパートです。狭苦しくても水洗トイレとシャワーをつけてくれたのが幸い。でも、この地区はとても好きです。まあ、そのうち私のところも改築することになるから、そのときは移らざるを得ませんが。とても家賃など払えなくなるでしょうから。『ドマーニ』が早々にフル回転することになって、常勤として正式採用されでもすれば別だけれど。だから、どんな屈辱にも耐えているんです」

「マイア、気を悪くしないでほしい。試験的な段階にあっては、何を伝えるべきで、何を控えるべきかを把握しなければならないのは当然です。シメイには新聞に対し、

＊二十世紀初頭に多く建てられた集合住宅。中庭を囲む建物に、同じ階で共同で使うバルコニーのついた、民衆的な住宅。

発行者に対し、責任がありますからね。おそらく熱々交際を担当していたときには何もかもが役に立ったことでしょうが、ここでは事情が違う。我々がやるのは日刊紙なのだから」

「だからこそ、くだらないアツアツから脱却できるんじゃないかと思ったんです。まともなことを扱うジャーナリストになりたかったんです。結局のところ、私は敗北者なんだわ。家を助けるために大学も卒業できなかったし、両親が亡くなってからは大学に戻ろうにも遅すぎた。穴蔵のようなミニアパートに住んで、たとえば湾岸戦争取材の特派員になんて絶対になれっこない……。で、私のする仕事といったら？　星占いで、お人よしを騙くらかすこと。敗北以外の何ものでもありませんよね」

「まだはじまったばかりですからね。ことが軌道に乗ったら、あなたのような人はもっと違うことを扱うようになると思う。これまでに出してくれた案はどれもいいものだし、あなたのことは評価しています。シメイもそうだと思いますよ」

彼女に嘘をついているのは自分でもわかっていた。あなたは出口のない袋小路に迷い込んだのだ、ペルシャ湾に派遣されることなどあり得ないし、手遅れにならないうちに早く逃げたほうがいい、と言ってやるべきだったのだろうが、これ以上落胆させたくなかった。ふと、ほんとうのことを言う気になったのは、彼女のことではなく自分のことだ。

詩人がするごとく心を裸にしようとしていたからか、自分でも気づかぬうちに、私はより親密な口調に移っていた。

「ともあれ、事情はこちらも同じだ。実は僕だって大学は卒業していない。下っ端仕事ばかりをやらされ、五十にもなってようやく日刊紙にたどりついたところだ。僕がいつからほんとうの敗北者になったか言おうか？　自分を敗北者と考えるようになってからだ。もしも、そんなことをくよくよ考えたりしていなかったら、ひと勝負ぐらいは勝てたと思う」

「五十歳ですって？　とても見えません……あ、えっと、全然見えないわ」

「四十九歳だと思った？」

「そうじゃなくて、あなたはいい男だし、説明をしてくれるときはユーモアのセンスがあることもわかる。そういうのは瑞々しさや若さのしるしでしょう……」

「というより、賢明さのしるしかな。つまりは老いだ」

「違う。あなたが自分で言っていることを信じていないのはわかるもの。だけど、この冒険に乗る決心をした。自分でも皮肉をもって……なんて言ったらいいのかしら……快活そのものに、この仕事をやることにしたんでしょう」

快活そのものだって？　メランコリー漂う快活さを見せていたのは彼女のほうだ。彼女は私のほうを（下手な作家なら何というだろう？）子鹿のような目で見ていた。子鹿だって？　おい、よせよせ。彼女は下からこちらを見上げるようにして歩いていただけだ。こちらのほうが背が高い。それだけのことだ。下から見上げられると、どんな女でもバンビに見えてくる。

そうこうするうちに、彼女の言うバールに着いた。彼女はお気に入りのベッリーニをすすり、私はウィスキーのグラスを傾けて安らいだ気持ちになっていた。商売の女ではない女性がそこにいる。彼女にもう一度目を向けると、どこか若返るような気分だった。

アルコールのせいだったのだろうか、私はもはや個人的な話を吐露しだしていた。人にそんな打ち明け話をするなど、一体もうどのぐらいなかったことか。かつては私にも妻がいたが、見切りをつけられたという話をした。私がすっかり彼女に惚れてしまったのは、まだつきあって間もないころのこと、自分の引き起こした厄介を弁明するのに、たぶん自分が馬鹿だったのだと言って彼女に謝ったところ、たとえ馬鹿でも好きよと言ってくれたからだ。こういう言葉は、相手を夢中にさせる。が、その後、彼女が耐えられる限度を超えて私が馬鹿であることに気づいたらしく、私たちの結婚は終わった。

マイアは笑った（なんて素敵な愛の告白かしら。たとえ馬鹿でもあなたが好き、なんて！）。そして、自分のほうがずっと若いし、自分を馬鹿だと思ったこともないけれど、自分もあまり幸せな恋愛はしていないのだと言った。おそらくは相手の馬鹿さ加減に我慢できなかったから。あるいは、同年代や少し年上なだけの男性たちは、みな未熟に見えたから。「あたかも私自身が成熟しているかのようにね。だから、ほら、私ももう三十路が近づいているのに、まだ独身。つまり、自分のもてるものには決して満足できないってことね」

三十だって？　バルザックの時代には、三十女と言えばもう枯れていた。マイアは、目のまわりの薄い小皺《こじわ》さえなければ、まだ二十そこそこに見える。泣き続けたあとのような、あるいは眼が光に弱くて、天気のいい日にはいつも眼をしばしばさせているかのような、そんな皺だ。

「ふたりの敗北者の気持ちよい出会いほど、大きな成功はないな」私は言った。そして、この言葉を口にしたとたん、我ながらぎょっとした。

「まあ、愚かな人」彼女は愛らしくこう言った。それから、馴れ馴れしくしすぎたと気づいて、ごめんなさいと言った。「いいや、逆に礼を言うよ。こんなに魅惑的に、愚かだって言われたことはないよ」

行きすぎた。幸い、彼女はするりと話題を変えてくれた。「ハリーズ・バーみたいに見せたいというつもりなのでしょうが」彼女は言った。「でも、リキュールを上手に並べることもできないのよ。ほら、いろいろなウィスキーが並ぶ中にゴードンズのジンがあるでしょう。でもサファイアのジンもタンカレーのジンも別のところにある」

「何だって？　どこの話だい？」私は自分の正面を見ながら聞いた。そこにはテーブルがいくつかあるだけだった。「違うわよ。カウンターのことに決まってるじゃない」と彼女。私はうしろをふり向いた。彼女の言う通りだった。が、彼女の目に入るものが私にも見えるはずだなんて、一体どうして思ったのか。これは、あの口の悪いブラッガドーチョの助けもあって私があとで発見することになるものの、前触れだった。このときには大して気にとめもせず、この機会に勘定を頼んだ。もうひと言ふた言、力づけの言葉をかけ、彼女の家の建物の入り口まで送った。扉からは入り口の通路にマットレスの工房が見えた。バネ入りマットレスのコマーシャルをテレビで盛んにやっているが、昔ながらのマットレスづくりの職人はまだ存在するようだ。彼女は私に礼を言った。「おかげで落ち着いたわ」と。そして、私の手を握り、微笑んだ。うっすら温かい手には、感謝の思いがこもっていた。

私は、ブラッガドーチョのミラノよりも好意に満ちた古きミラノを、運河に沿って歩いて帰った。多くの驚きをそのうちに秘めたこの町を、私はもっと知らなければならなかった。

8 四月十七日 金曜日

それに続く日々、私たちはそれぞれの宿題（今ではそう呼ぶようになっていた）をやり、シメイはさまざまな企画の話をもちかけた。今すぐに必要ではなくても、そろそろ考えておくべきだと言って。

「これは0－1号にするか、0－2号にするべきか、まだ決めてない。0－1号にもまだまだ埋まっていない面があるから。『コッリエーレ・デッラ・セーラ』のように六十面を整えてスタートするとは言わないが、二十四面ぐらいは必要だ。広告で何面かは埋まる。誰も広告を頼んでこなくても問題ではない。別の新聞からもってきて、あたかも発注されたような体裁でやってみよう。将来の利益を見込める、と我々の依頼主に信頼感をもたせることがだいじだ」

「それから、追悼広告を一段ぐらいは」マイアが言った。「あれも現金収入です。私に何か考えさせてくださない。奇抜な名前の人を死なせたり、慰めようもなく深く悲しむ遺族のことを考えるのは好きなんです。とくに好きなのは著名人の追悼広告。悲嘆に暮れる人たちは別として、故人のこともも遺族のこともどうでもいいのに、私もこの人を知っていたのだ、と追悼広告をネーム・ドロッピングに使う人がおもしろくて」

いつも通り、なかなか鋭い。が、あの晩の散歩のあと、彼女にはやや距離をおいていた。彼女のほうもよそよそしい態度で、私たちはどちらも自分の脆さを感じていた。

「追悼広告はいい考えだ」シメイが言った。「が、まず、星占いのほうを終えてくれたまえ。実は、ひとつ考えていたことがあるのだが、娼家《カジーノ》についてだ。今では『えらい騒ぎ《カジーノ》だ』などと言って誰もがこの言葉を使うので意味もなくなってしまったが、まさに昔ながらの娼家《カジーノ》のことだよ。私はよく憶えている。売春宿を禁止した一九五八年にはもう大人だったからね」

「私も成人していましたよ」ブラッガドーチョが言った。「だから、娼家はいくつか探索しました」

「キャラヴァッレ通りのやつを、とは言いませんが。あそこは怪しげな、まさに売春宿でしたね。入り口に便所があって、中に入る前に用を足すことができた……」

「……そして、怖じける兵士や田舎者の前を、体形の崩れた売春婦たちが大股で歩いて、舌をべろっと出してみせる。女主人は大声を上げて、さあさあ、お兄さんたち、何をぐずぐずしているのさって……」

「ブラッガドーチョ、ここには女性もいるのだぞ」

「それを記事にするのなら」マイアは当惑したようすもなく発言した。「こう書くべきでしょう、不惑の売笑婦たちは、動じぬ態度で歩きまわり、欲望を抱く顧客の前で猥《みだ》らなしぐさを見せた……と」

「フレジア、すばらしいよ。まあ、そう書けばいいというわけでもないが、たしかにより慎重な言葉遣いが必要だ。私が惹かれていたのはもう少し品のいい娼家だからね。たとえば、サン・ジョヴァンニ・スル・ムーロにあった、アール・ヌーヴォー様式のもの。いつも知識人でいっぱいだった。セックスではなく、美術史が目的で行くのだなどと言ってね……」

「あるいは、フィオーリ・キアーリ通りのもの。全体がアール・デコの装飾で、多彩色のタイルが使われていた」ブラッガドーチョの声にはノスタルジーが漂っていた。

「憶えている読者も多いでしょうねえ」

「そのころまだ成人ではなかった者は、フェッリーニの映画でそういう場所を見ていますね」と私。自分の記憶にその想い出がなければ、芸術からもってくればよいのだ。

「ブラッガドーチョ、考えておいてくれるかね」シメイはこう締めくくった。「当時の雰囲気が蘇るような記事を書いてくれたまえよ、昔の時代もそう悪いものではなかったというような……」

「でも、一体どうして娼家の再発見など？」私は疑問を呈した。「爺さん連中は喜ぶかもしれませんが、婆さんたちからは顰蹙《ひんしゆく》をかうのでは」

「コロンナ、ひとつ、こういう話を聞かせよう」シメイは話しだした。「一九五八年の閉鎖後、六〇年ごろになってフィオーリ・キアーリ通りの古い娼家を買い取ってレストランにした人物がいる。例の多彩色のタイルもそのままのシックな店だ。当時の小部屋もひとつ、ふたつ保存していて、ビデを金塗りにしたんだ。それに興奮する女性たちが山ほどいて、夫に見に連れて行けと言うんだよ。昔を想像しようというわけだ……。当然のことながら、それで繁盛していたのもしばらくの間のことで、やがてご婦人たちも店に飽きたし、あるいは料理も大したものではなかったのかもしれない。レストランは閉店、というのが話の結末だ。ともあれ、私が考えているのはテーマ別特集ページだ。左にブラッガドーチョの記事、右に町はずれの並木道の荒廃についての調査記事。胡散臭い夜鷹が行ったりきたりしていて、夜はとても子どもなど通らせられないありさまだからね。ふたつの事象を結びつけるコメントは書かず、結論を出すのは読者にまかせる。結局のところ、みな心の底では健全なる娼家を復活させることに賛成なのだよ。そうすれば、夫たちが道で売春婦を拾って車のなかに安っぽい香水の匂いをしみつかせることもなくなるから女性は嬉しいし、男たちは、ただそういう場所に逃げ込めばいい。もしも誰かに見られたって、その場の雰囲気を見るためだと言ってもいいし、アール・ヌーヴォーに興味があるからと言ってもいい。ストリートガールの調査は誰がやるかい？」

コスタンツァが、自分が考えてみると言い、みなもそれに同意した。夜の街路で幾晩かすごすなど、ガソリン代も高くつくし、風紀取り締まり係のパトロールに出くわす恐れもあった。

あの晩、私はマイアの眼差しが忘れられなかった。気づいたら蛇の穴に迷い込んでいた、とでもいうような目だった。それで、慎重にせねばという思いを押しきって、彼女が社から出てくるのを待った。みなには、薬局へ寄るのでまだ町の中心部から離れられないと言い、帰り道の半ばほどで（彼女がどういう経路で帰るかはわかっていた）彼女に追いついた。

「やめてやるわ、こんなところ」体を震わせ、ほとんど涙声でこう言った。「なんて新聞社にきてしまったのかしら。私のやっていたアツアツ交際は少なくとも誰にも嫌な思いをさせなかったし、せいぜい美容院をもうけさせるだけだった。奥さんたちはそういう雑誌を読みに美容院に行くのだから」

「マイア、そうこだわらないで。シメイは頭のなかでこねまわしているんだよ。ほんとうに掲載するつもりかどうかわからないさ。今は発案を重ねる時期なんだ。一か八かの仮定や見込みを考える。いい経験じゃないか。娼婦に変装して道に立ち、彼女らにインタビューしてこいなんて、誰もきみに頼んでいやしないよ。が、今晩はどうも我慢ならないらしいな。あまり考えないほうがいい。映画でもどうだい?」

「あそこでやっているのはもう見た映画だわ」

「あそこって、どこさ?」

「さっき前を通りすぎたでしょう、道の反対側の……」

「おれはきみの腕をとってきみのほうを見ていた。道の反対側なんて見ていなかった。変わっているよ、きみは」

「あなた、私が見ているものを見ようとしないのよ」彼女は言った。「とにかく、映画ならオーケーよ。新聞を買って、近くで何をやっているか見ましょう」

　こうして私たちは映画を見に行ったのだが、映画については何ひとつ憶えていない。

彼女がまだ体を震わせていたので、しばらくして私は彼女の手を握った。このときも彼女の手はぬくもりがあって、私の手に感謝していた。私たちはこうして手に手を取ってすわり続けていた。まるで若い恋人たちのように。ただしそれは、間に剣を置いて眠る円卓の騎士の物語の恋人たちだった。*

マイアを家まで送った別れ際（彼女は少し元気が出たようだった）、兄妹がするように彼女の額にキスをし、年長の友人にふさわしく指で軽くほっぺたを弾いた。実際のところ（私は心のなかで言った）、私は彼女の父親といってもおかしくない年齢なのだ。

まあ、ほとんどおかしくない、としておこう。

＊トリスタンとイゾルデの物語。イゾルデの夫マルク王は森で眠るふたりの恋人の間に剣が横たえられているのを見て、ふたりの潔白を信じる。

9　四月二十四日　金曜日

この週、仕事は休み休みのんびり進んだ。シメイも含め、誰もあまり仕事をする気はないようだった。それに、一年に十二号というのは一日に一号出すのとはわけが違う。私は上がってきた原稿を読み、文体を統一して凝った表現をならしていった。シメイはそれを承認して、「諸君、我々がやるのはジャーナリズムだ。文学ではないのだぞ」と言った。

「ところで」コスタンツァが言った。「携帯電話というものがずいぶん広まってきていますね。昨日、電車で隣にいた人が銀行との関係を長々話していて、この人物について何から何まで聞いてしまいましたよ。世の中、みんなおかしくなりつつあるんじゃないのかな。こういう傾向について記事を出すべきではありませんか」

「携帯電話のことなら」シメイが言った。「これは長続きするものではないと思う。

何より高すぎて、そんなものが使えるのはほんの一部の人にすぎない。それに、いつでも誰にでも電話する必要などないことに人々もそのうち気づくだろうし、面と向かっての親密な会話がなくなるのを惜しむようになるだろう。そして月末になって料金請求を見ると目の飛び出るような額になっている。一年か、せいぜい二年も経てば、廃れる流行だろう。今のところ、携帯電話が役立つのは不倫ぐらいだ。家の電話を使わなくても関係をもてる。あるいは、外まわり中の水道業者がいつでも連絡を受け取れることかな。まあ、せいぜいそれぐらいだろう。だから、携帯などもっていないのが大多数の本紙の読者には興味のない記事だろう。ごく少数の利用者にとっても、別にどうでもいいものだろうし、むしろ、そんな記事はスノッブとかラジカル・シックなどと思われそうだ」

「それだけではありませんよ」と私も意見を言った。「ロックフェラーやアニェッリ、あるいはアメリカ合衆国大統領といった人たちは、携帯電話など必要ないことを考えてみればいい。あれこれと世話をする秘書たちに取り囲まれていますからね。そのうち、携帯など使うのは凡人、貧乏人の類いだけだと気がつくでしょう。口座が赤字になっていると銀行から連絡がきたり、何をしているのかと上司がチェックを入れてくる、そういう人種。こうして携帯電話は社会的低級度のシンボルとなり、誰もほしがらなくなる」

「そんなにはっきり言えるかしら」マイアが言った。「プレタポルテと同じ。つまりは、Tシャツ、ジーンズ、スカーフの組み合わせです。上流階級のご婦人もプロレタリアも着られるものだけれど、プロレタリアの女性はそれぞれの組み合わせができない。あるいは、新品のジーンズさえあればいいと思っていて、膝のところがすり切れたものなど穿こうともしない。それに高いヒールを組み合わせたりするので、上流階級の女性ではないとすぐにわかってしまう。でも、本人はそれに気づかなくて、組み合わせの悪いスタイルに満足したままでいるわけです。自分で自分の首を絞めているのもわからずに」

「だが、その女性はおそらくは『ドマーニ』紙を読むので、ご本人に上流婦人ではないことを知らせるわけだ。さらに、その夫が凡人で、あるいは不倫をしているということも。それに、コンメンダトール・ヴィメルカーテに携帯電話会社に鼻を突っ込むつもりがあれば、氏にけっこうな奉仕をすることになる。つまるところ、この話題は取るに足らないものか、刺激的すぎるかのどちらかだ。やめておこう。コンピュータの話と同じだよ。本社ではコンメンダトーレはひとりに一台パソコンを備えてくれ、文書の作成やデータの保管に重宝している。もっとも私自身は昔気質《かたぎ》だから、どこから手をつければいいか見当もつかない。しかし、読者の大部分は私と同じようなものだし、保管するデータもないからパソコンなど必要ない。我々としても読者に劣等感を与えるのはやめておこう」

エレクトロニクスの話を切り上げ、この日は必要な訂正を加えた記事をみなで読み直した。ブラッガドーチョがこう意見した。「モスクワの怒り？　こういう誇張した表現を使うのは陳腐に響かないか？　大統領の怒り、年金生活者の憤慨といった言い方……」

「いや」私は言った。「読者はまさにそういう表現を待ち望んでいるんだよ。新聞各紙が読者をそういうふうに慣れさせてきたのだから。真っ向から対立、冬の時代、交渉はこれからが正念場、大統領官邸は戦いも辞さない構え、クラクシ首相、激しく詰め寄る、もはや待ったなし、予断を許さぬ状況、土俵際に立たされる、激流のただなかにある。そう書かないと、読者は何が起こっているのか理解できない。今や政治家は、力説するのでも熱っぽく語るのでもなく、吠える。そして警察の行動は高いプロ意識を示すものだった」

「ほんとうにいつでもプロ意識のことを言わなければならないのかしら？」マイアが

言った。「ここでは誰もがプロ意識をもって仕事をしている。たしかに、倒れない塀を建てる石工の親方は、プロの仕事をする。だから、プロ意識というのはあって当然のもので、塀はつくったものの、あとで倒れてしまうという、イカサマ親方についてこそ書くべきなんじゃありません？　水道屋を呼んで詰まった流しを直してもらったとき、お礼は言ってもプロ意識をもって行動してくれたなんて言いません。ミッキーマウスの話にある水道屋のジョー・パイパー*みたいなことをするなんて思ってもいないし。まるですばらしいことでもあるかのようにプロ意識に固執するのは、たいがいの場合はひどい仕事をするんだって思わせるのではありませんか」

「そういうことです」と私。「たいがいの場合はひどい仕事をするのだと読者は思っているからこそ、プロ意識が認められるケースを際立たせる必要がある。すべて順調にいったことをややテクニカルに言うだけのことです。警察がニワトリ泥棒を逮捕した？　彼らは高いプロ意識をもって行動した」

「でも、それはヨハネ二十三世を『やさしい法王』と言うのと同じですよね。それ以前のローマ法王はやさしくなかったことを当然のこととする言い方」

＊ミッキーマウスの漫画シリーズ中の『水道屋の助手』に登場。水道屋を隠れ蓑に強盗を働く。

「おそらく人々はそう思っていたんでしょう。でなかったら、やさしい法王なんて言わなかったはず。ピウス十二世の写真を見たことがありますか。映画の『007』だったら、悪の組織スペクターのボス役に採用したでしょう」

「でも、ヨハネ二十三世をやさしい法王と呼んだのは新聞で、人々はただそれにしたがっただけ」

「その通り。新聞が人々にどう考えるべきかを教えるということだ」とシメイ。

「でも、新聞というのは人々の傾向にしたがうものなのでは？　それとも新聞が傾向をつくり出すのですか」

「その両方ですよ、フレジアさん。人々ははじめ自分がどういう傾向をもっているのかを知らない。それを私たちが教えてやる。すると、自分たちの傾向に気がつくのですよ。さあ、理念ばかりいじっていないで、プロ意識をもって仕事をしよう。コロンナ、続けてくれ」

「了解」私は言葉を続けた。「では、さっきの言いまわしリストを終えますよ。一石二鳥の策、生殺与奪の権を握る、血で血を洗う選挙戦、対立も辞さない、揺れる政権、先行き不透明、求心力の低下、いよいよ大詰め、視聴率の落ち込み、Uターンラッシュがはじまった……。そしてとくに、『許しを請う』。英国国教会、ダーウィンに許しを請う、ヴァージニア州、奴隷制の悲劇について許しを請う、イタリア電力公社、支障の許しを請う、カナダ政府はイヌイットに対し公式に許しを請うた、ローマ教会は地球の自転をめぐる従来の立場を見直したとは言えぬものの、法王はガリレオへの処遇に対し許しを請うた」

マイアは手を叩いて、こう言った。「ほんとうだわ。私、わからなかったのよ、今、世間ではやたらに許しを請うようだけれど、人が謙虚さに目覚めたしるしなのか、実はそれこそ図々しさなのか。何か、してはいけないことをする。そのあとで許しを請うて、もうそれで済んだことにする。カウボーイの古い笑い話を思い出すわ。草原を馬で駆けていると、天から声が聞こえてアビリーンへ行けと言う。アビリーンに着くとまた声がして、酒場に入れ、そしてルーレットのところへ行って持ち金すべてを数字の五に賭けろと言う。カウボーイは天の声にそそのかされてその通りにするのだけれど、ルーレットで出た数字は十八。するとまた声がしてこう囁くの、『残念、我々の負けだ』って」

私たちはどっと笑い、次のことに移った。ルチディの書いてきた高齢者施設ピオ・アルベルゴ・トリヴルツィオについての記事をじっくり読み、優に三十分ほど論じ合った。それが終わると、シメイが突如パトロン精神を発揮して、下の階のバールに全員のコーヒーを注文したのだが、そのときになって、私とブラッガドーチョの間にすわっていたマイアがこうつぶやいた。「でも私は、その反対もやったほうがいいと思う。つまり、この新聞がもう少し知的な読者を対象としているのなら、その反対を書くコラムを私はやりたい」

「ルチディの記事の反対の内容を、かい？」ブラッガドーチョが訝しげに言った。

「違うわよ、何を聞いているの？　ありきたりな言い方の反対よ」

「三十分以上前に話していたことだぜ、それは」とブラッガドーチョ。

「それはそうだけど、私は考え続けていたのよ」

「おれたちは違うよ」ブラッガドーチョが素っ気なく言った。

マイアはこの言葉に別段動じるようすもなく、こちらのほうが健忘症でもあるかのような目で私たちを見た。「台風の眼とか、大臣が吠えたとかの表現の反対よ。たとえば――ヴェネツィアは南のアムステルダムだ、ときに想像は現実を超える、差別をするつもりで言うけれど、強い覚醒剤は大麻の入門薬物だ、他人の家にいるようにくつろいでください、堅苦しい挨拶は抜かずに、礼節を知って衣食足りる、ぼけているが歳はとっていない、お経はまるで数学だ、成功して私は人が変わった、実際にはムッソリーニは多くの馬鹿なこともした、パリの町は醜いがパリっ子はとても親切だ、リミニではみな海水浴に夢中でクラブで踊る者などいない」

「ああ、それに、キノコすべてが一家の毒にあたった。が、一体どこで、そんな馬鹿げたことばかり拾ってくるんだ？」ブラッガドーチョが言った。アリオストに向かい合う枢機卿イッポーリトでもあるかのように。*

「いくつかは、数か月前に出た本に載っていたものよ」マイアは言った。「ともあれ、ごめんなさい。『ドマーニ』には全然ふさわしくないわね。私、ほんとうに外してばかり。そろそろ帰ったほうがよさそうだわ」

「すまないが」とそのあとでブラッガドーチョが言ってきた。「一緒に帰らないか。どうしても話したいことがあるんだ。誰かに話さなければ爆発しそうなんだ」

三十分後、私たちは再びタヴェルナ・モリッジにきていた。が、件の話については、ブラッガドーチョは道すがらひと言も漏らそうとしなかった。それよりも、こんなことを言った。「気がついただろう、マイアの問題が何だか。自閉症だよ」

＊『狂えるオルランド』で知られる十六世紀の詩人ルドヴィコ・アリオストの保護者。ハンガリー移転時にアリオストが同行を拒否して関係は破綻。

「自閉症？　でも、それなら自分の殻に閉じこもってコミュニケーションなどとらない。一体どうして自閉症だなんて言うんだ？」

「自閉症の徴候を扱う実験のことを読んだんだ。おれときみ、そして自閉症の子どもピエリーノが、同じ部屋にいるとする。おれはボールをどこかに隠して部屋の外に出るように言う。おれはボールを花瓶の中に入れ、部屋の外に出る。そのあとで、きみは花瓶からボールを取り出し、今度は引き出しの中に入れる。それからピエリーノに聞くんだ。ブラッガドーチョさんは、部屋に戻ってきたら、ボールをどこに取りに行くだろうかって。するとピエリーノは、引き出しでしょって答える。つまり、おれの頭のなかではボールがまだ花瓶の中にあることを、ピエリーノは考えないんだ。彼の頭のなかではボールはすでに引き出しにあるわけだから。ピエリーノは他人の立場になって考えることができない。自分の頭の中にあることを、他のみんなも考えていると思っている」

「が、それは自閉症ではない」

「なんだかは知らないが、緩やかな一種の自閉症じゃないのかな。怒りっぽい人間が初期段階のパラノイアと言えるのと同じで。ともあれ、マイアはそうだよ。他人の視点に身をおく能力が欠如している。誰もが自分の考えているのと同じことを考えていると思っている。この間だってそうだ。『でも彼は関係ない』と言いだしたことがあったたろう。その彼というのは、一時間も前に話に出た人物だった。彼女はその人物のことをずっと考えていた。あるいは、そのときに彼のことが頭に浮かんだ。しかし、我々がもうそんなことを考えていないなど、思いもしないんだよ。少なくとも、彼女はおかしいよ、それは絶対だ。ところがきみときたら、彼女が口を開くや、神託でも聞くかのように見守っている……」

私には馬鹿げたことに思え、軽口をきいて切り上げた。「神託を伝えるやつらは、みなどこかおかしな連中だよ。彼女もクマエのシビュラの末裔だろう」

タヴェルナ・モリッジに着くと、ブラッガドーチョは話しはじめた。

「スクープがあるんだ、『ドマーニ』が発売されていれば十万部は売れるぐらいの。いや、それより助言がほしいんだ。おれが今発見しつつあるものをシメイに渡すべきか、あるいはどこか別の、本物の新聞に売るべきか。何だって、ムッソリーニ関係なんだ」

「さして今日性のある話とは思えないが」

「今日性は、我々が今日まで誰かに、多くの人間に、いや、みなに、だまされていたってことだ」

「どういう意味で？」

「話せば長いことなんだが、今のところはおれの仮説にすぎない。車がないことには存命の証人に会いに行こうにも行けなくてね。ともあれ、事実をみなの知っている形で再確認することから出発しよう。それから、なぜこの仮説が筋の通ったものであるかを説明するよ」

ブラッガドーチョがここで話したのは、彼が普及版と呼ぶ周知の内容を、短くまとめたものだった。真実とするにはあまりに簡単すぎる話、と彼は言った。

さて、連合軍は、ドイツ軍防衛線*を突破し、ミラノを目指して北上していた。もはや敗戦は明らかで、一九四五年四月十八日、ムッソリーニはガルダ湖を離れてミラノに到着、県庁舎に隠れる。大臣を集め、ヴァルテッリーナの堡塁での抵抗の可能性を話し合うが、もはや最後への覚悟はできていた。二日後、最後の忠臣で、イタリア社会共和国**の最後の新聞『ポポロ・ディ・アレッサンドリア』紙の編集長であったガエタノ・カベッラに、生涯最後のインタビューを許す。四月二十二日には社会共和国警備隊将校の前で最後の演説をする。そこで「故国が失われたのであれば、生きるのも無駄である」と言ったとされる。

それに続く日々には、連合軍はパルマに達し、ジェノヴァは解放され、そして運命の四月二十五日の朝、とうとう工員たちがセスト・サン・ジョヴァンニの工場を占領する。午後にはムッソリーニはグラツィアーニ将軍を含む何人かの部下とともに、大司教館でシュスター枢機卿と会見、その手引きで国民解放委員会***と会合をもつ。会合の最後に、遅れて到着したサンドロ・ペルティーニ****が階段でムッソリーニとすれ違ったとも言われているが、しかしこれは伝説だろう。国民解放委員会は、ドイツ軍すら委員会と交渉をもちはじめたことを告げて無条件降伏を迫る。ファシスト勢は（最後に残るのはいつだって、もはや破れかぶれの連中だ）、屈辱的な降伏は受け入れず、検討の猶予を求めて去っていった。

その夜、もはやこれ以上待つことはできないと、解放委員会は民衆総蜂起の指示を

＊　第二次世界大戦末期、イタリアに駐屯していたドイツ軍がイタリア中部西側沿岸のヴィアレッジョから東側沿岸のリミニにかけて引いた防衛線。

＊＊　一九四三―一九四五年四月。失脚後のムッソリーニがガルダ湖畔サロに政府をおいて組織、北・中部イタリアを支配した。実質はドイツの傀儡政権。

＊＊＊　反ファシズムの六政党が結成した、レジスタンス運動全体の指導機関。

＊＊＊＊　レジスタンス運動、国民解放委員会の重要人物。戦後、社会党を再建、一九七八―一九八五年、イタリア共和国大統領をつとめる。

出す。ここにいたってムッソリーニは忠実な部下たちの自動車隊をしたがえてコーモへと脱出した。

コーモにはロマーノ、アンナ・マリアのふたりの子どもを連れた妻ラケーレも合流するが、どういうわけかムッソリーニは家族に会うのを拒む。

「なぜなのか」ブラッガドーチョは言った。「愛人のクラレッタ・ペタッチに会うつもりだったからか。が、彼女はこの時点でまだきていなかったのだから、ものの十分でも家族に会うことはできなかったのか。この点をよく憶えていてほしい。おれの疑問はここからはじまったんだ」

コーモはムッソリーニにとって安全なベースに思われた。そのあたりにはパルチザンは大していないと言われていたから、連合軍がやってくるまで隠れることができたはずだ。実際ここのところがムッソリーニには重要だったんだ。パルチザンの手に落ちずに連合軍に降伏すること。それなら正規の裁判を受けることになったろうし、その後のことはまた別の問題だ。あるいは、コーモからヴァルテッリーナに向かうつもりだったのかもしれない。ヴァルテッリーナではアレッサンドロ・パヴォリーニらの忠臣が、何千かの部下とともに頑強に抵抗できると保証していた。

「ところが、ここにいたってムッソリーニはコーモをあきらめる。そして件の自動車隊は右へ左へのややこしい移動をはじめる。おれ自身何が何だかわからないし、おれの調査にとってはどこへ行ってどこへ戻ろうがどうでもいいんだ。おそらくはスイスへの逃避行を狙ってメナッジョに行こうとした。やがて一団はカルダーノに到着し、そこにペタッチが合流する。そして、ムッソリーニをドイツへ連れて行くようにとヒトラーの指令を受けたドイツ軍の護衛隊が現れる（ムッソリーニをバイエルンまで安全に運ぶ飛行機が、おそらくはキアヴェンナで待機していた）。が、キアヴェンナまで行くのは無理だと考えられたらしく、一団はメナッジョに戻る。夜にはパヴォリーニがやってくる。援軍を引き連れてくることになっていたが、社会共和国の警護隊の七、八人を伴うのみだった。ヴァルテッリーナでの抵抗どころか、もはや追い詰められたと感じた総統《ドゥーチェ》は、ファシスト党上層部とその家族とともにアルプス山脈横断を目指すドイツ軍の縦列に加わるしかなかった。それは、機関銃を備えつけ、兵士を乗せた二十八台の軍用トラックの列、そして装甲車一台に十台ほどの一般車両が続くイタリア人の縦列からなっていた。しかし、ドンゴにいたる手前のムッソで、縦列は第五十二ガリバルディ旅団のプエケル分遣隊の隊員たちに出くわす。とはいえ、ごく少人数で、隊長はペドロ、つまりピエル・ルイジ・ベッリーニ・デッレ・ステッレ伯爵、政治委員はビルことウルバーノ・ラッザロだ。ペドロは向こう見ずな男で、破れかぶれで虚勢を張る。周囲の山中には大勢のパルチザンが集結しているのだとドイツ軍に信じ込ませ、実際にはまだドイツ軍の手中にある迫撃砲を発砲させると脅す。指揮官の抵抗は揺るがなかったが、ドイツ兵たちがそれだけで怯え、無事帰還することだけを望んでいるのを見てとると、さらに語調を強めた……。つまるところ、細部の説明は勘弁してやるが、疲労困憊の交渉の末、ペドロはドイツ軍を降伏させることに成功するばかりか、引き連れていたイタリア人を置いていくことを承知させる。そうしなければドンゴまで進めないことを了解させたわけだ。ただし、ドンゴでは留まって詳しい取り調べを受けることになる。つまり、ドイツ人は同盟国人に対して不人情な振る舞いを見せたわけだが、背に腹はかえられない」

ペドロはイタリア人を置いていくようにと言った。ファシスト党の指導層だからなのはもちろんだが、その中にムッソリーニもいるらしいという噂が流れてきたからだ。ペドロは半信半疑で装甲車の指揮者と話しにいく。(今はなき)社会共和国の総理府政務次官フランチェスコ・バッラーク。戦争で片目を失い、金勲章を誇示していたが、ペドロに与えた印象は総じて悪くなかった。バッラークはトリエステへ向かい、ユーゴスラヴィア側の侵略から町を救いたいと申し出るが、ペドロはそれは無茶であること、トリエステに到達するなど不可能であること、たとえ行けてもわずかばかりの兵でチトーの軍勢に立ち向かわざるを得ないことを、丁重に理解させた。するとバッラークは、引き返して、どこでだか知らないが、グラツィアーニと合流したいと言ってきた。結局ペドロは、（装甲車内を取り調べ、ムッソリーニが乗っていないことを確認したあとで）彼らがUターンすることに同意する。ここで戦いの火ぶたを切れば、ドイツ軍を後戻りさせることになるかもしれず、それは避けたかったのだ。ともあれ、その場を離れる前に、装甲車が間違いなく後戻りすることを確認するよう部下に命令した。ほんの二メートルでも前進したならば、発砲せざるを得なかったからだ。ところが、装甲車は発砲しながら前進した。あるいは、首尾よく後戻りするために前進しただけなのかもしれない。そのあたりの真相はわからない。パルチザンたちは苛立って発砲し、短い銃撃戦があってファシスト二名が死亡、パルチザン二名が負傷。結局、装甲車の乗組員と一般車両の乗客すべてが逮捕された。その中にいたパヴォリーニは逃亡を謀って湖に飛び込むが捕まり、ずぶ濡れになって他の者たちと一緒にされた。

ここにいたって、ペドロはドンゴのビルからの伝言を受け取る。ドイツ軍のトラックの取り調べ中、ジュゼッペ・ネグリというパルチザンに呼ばれて行ってみると、「クラプンがいる」と言う。標準イタリア語にするならば、「頭でっかちがいる」となるが、このパルチザンによれば、コートの襟を立たせ、サングラスをかけてヘルメットをかぶった妙な兵士がいて、それこそムッソリーニその人だと言うのだ。ビルが調べに行くと、奇妙な兵士はわからないふりをするが、最後には正体がばれる。彼こそドゥーチェだった。ビルはどうしたらいいかわからないながらも、その歴史的瞬間にふさわしい対処をすべく、こう言ったのだ。「イタリア国民の名において、あなたを逮捕します」と。そして、ムッソリーニを市庁舎に連行した。

一方、ムッソでは、イタリア人の一般車両の中に、ふたりの女性とふたりの子ども、スペイン領事と名乗る人物を乗せた車を見つける。この領事は、はっきり特定できない英国情報員とスイスで重要な会合があると言うのだが、身分証明書は偽造したものに思われ、大声で抗議する中、逮捕される。

ペドロとその部下たちはまさに歴史的瞬間を生きているのだが、当初はそれに気づかないようすで、治安を守り、リンチの発生を避けること、捕虜たちに髪一本失わせることなく、イタリア政府と連絡がつき次第、無事に引き渡すことだけを考えていた。そして実際、四月二十七日の午後にペドロは逮捕の知らせを電話でミラノに伝えることができ、ここで解放委員会が話に登場してくる。解放委員会は、一九四三年にバドッリョ首相とアイゼンハウアーが調印した休戦協定の条項に基づき、ドゥーチェと社会共和国政府の全メンバーの引き渡しを求める連合国側からの電報を受け取ったばかりだった（「ベニート・ムッソリーニ、ファシスト党の主たる参画者たちは……国際連合国軍またイタリア政府の支配する領土にて見いだされた場合、ただちに逮捕して国際連合軍に引き渡すこととする」）。そして、独裁者ムッソリーニを引き取るための飛行機がブレッソの空港に着陸するという声が聞かれた。解放委員会は、ムッソリーニが連合軍の手に渡ったら生き延びるに違いないと確信していた。数年はどこかの要塞に閉じ込められるかもしれないが、その後はまた舞い戻ってくるだろう。委員会において共産党を代表していたルイジ・ロンゴは、ムッソリーニは裁判も受けさせず歴史的言葉も残させず、ただちに殺《や》ってしまうべきだと言った。そして委員会の大多数は、この国が今すぐにもシンボルを必要としていることを感じていた。二十年に及ぶファシスト政権時代は終わったのだという具体的なシンボル、独裁者の死体だ。それに、ムッソリーニが連合国の手に渡ることだけを恐れていたのではない。ムッソリーニの最期を知らぬままだったら、そのイメージは肉体を離れた厄介なものとして残るだろう。あたかも伝説の赤髭王フリードリッヒ一世が、閉じ込められた洞窟の中からも、必要とあらば世の想像力をかき立て、過去への回帰を鼓舞するのと同じで。

「ミラノの委員会の考えが正しかったことはそのうちわかるよ……」。ともあれ、みなが同じ意見だったわけではない。委員会のうちカドルナ将軍は連合軍を満足させる考えに傾いていたが、少数派に追いやられ、委員会はムッソリーニの死刑執行のため、コーモに派遣団を送ることを決める。これまた普及版として一般に言われるところでは、その分遣隊を指揮するのは、揺るがぬ共産思想の持ち主ヴァレリオ大佐と政治委員のアルド・ランプレーディ。

その他のさまざまな説は省いてやるよ。たとえば、処刑の執行者はヴァレリオではなく、もっと上の重要人物であったとか。ジャコモ・マッテオッティ*の息子が真の執行者だなどという説も囁かれた。あるいは、実際に発砲したのはこの任務の頭脳、ランプレーディであったとか。ともあれ、一九四七年に明かされたことを信じるとしよう。ヴァレリオと呼ばれていたのは計理士ヴァルテル・アウディジオで、のちに英雄として共産党から国会議員になった。おれにとっては、ヴァレリオであろうが別の人間であろうが要点は変わらないから、ヴァレリオだったとして話を続ける。さて、ヴァレリオは部下の小隊を率いてドンゴへ向かう。一方、ヴァレリオが今にも到着することを知らないペドロは、ドゥーチェを隠すことにする。あたりを彷徨《さまよ》うファシストの部隊が救助を企てるのではないかと恐れたからだ。隠れ場を秘密に保つため、まずドゥーチェをやや内側にある、ジェルマジーノの財務警備隊宿舎に移す。秘密裏の移送だが、その情報が広まることは承知の上だ。だが、夜間にドゥーチェを別の場所へ、今度はひと握りの人間しか知らないコーモ方面の場所へ移すことになっていた」

　ジェルマジーノで、ペドロはムッソリーニと少しばかり言葉を交わす機会があった。ムッソリーニは、スペイン領事と領事の車に同乗していた婦人によろしく伝えてほしいという。そして、ややためらったのち、その人物がペタッチであることを認めた。そのあとペドロはペタッチに会いに行く。はじめ彼女は別人のふりをしたものの、その後は屈し、ドゥーチェのかたわらでの暮らしがいかなるものであったかを吐露し、最後の願いとして愛する人のもとに行きたいと懇願する。ペドロは処置に困ったが、その生のドラマに心を打たれ、部下たちと相談の上、ペタッチの願いを聞き入れることにする。こうしてペタッチは、第二の隠れ家へのムッソリーニの夜間移送に加わることになるのだが、実際には一行がそこに到達することはなかった。コーモにはすでに連合軍が到着し、ファシストの最後の抵抗の巣を一掃しつつあるという情報が入ってきたからだ。そこで、二台の車からなる小さな隊列を再び北へと向けた。車はアッツァーノで止まり、一行は短い道のりを徒歩で進んだのち、信頼できる一家のデ・マリア家に受け入れられて、ムッソリーニとペタッチはダブルベッド付きの小さなひと

＊社会主義者。一九二四年にファシスト党により暗殺された。

部屋をあてがわれた。

ムッソリーニを見るのはこれが最後になるとは、ペドロは知らない。ドンゴに戻ると、広場に武装の男たちをいっぱいに乗せたトラックが到着する。みな新品の制服を着ていて、自分の部下のパルチザンたちの間に合わせのボロ着とは対照的だった。到着した部隊は市庁舎の前に整列する。隊長は、自由志願軍団総司令部より全権を授けられて派遣された将校、ヴァレリオ大佐と名乗る。疑う余地のない信任状を見せ、すべての捕虜を銃殺する使命を帯びて派遣されたと言う。ペドロは、捕虜たちが正規の裁判を行える者に引き渡されることを求めて抵抗するが、ヴァレリオはその階級にものを言わせて逮捕者リストを出させ、それぞれの名の横に黒いバツ印をつけていく。ペドロは、クラレッタ・ペタッチも処刑されると見て、彼女は独裁者の愛人にすぎないと反対するが、ヴァレリオはそれがミラノの司令部からの命令なのだと答える。

「この点によく注意してほしいんだ。これはペドロの回想からはっきり浮かび上がることだ。というのは、ほかのいくつかの証言の中で、ヴァレリオはこう言っているんだよ。ペタッチがムッソリーニにしがみついたので離れるように言ったが、彼女はしたがわず、いわば間違いで、あるいは我を忘れたばかりに、殺されたのだと。実際は、彼女もすでに処刑されることに決まっていたんだ。いや、問題はそういうことでもない。ヴァレリオはいくつかの異なる説明を与えていて信用できないんだ」

　それから、混乱した出来事が続く。スペイン領事と名乗る人物がいるという情報を得て、ヴァレリオは対面しスペイン語で話しかけるが、相手は返答ができない。スペイン人ではないというしるしで、ヴァレリオは激しく平手打ちを喰らわせる。息子のヴィットリオ・ムッソリーニだと見て、湖畔に連行して銃殺するようにビルに命じるが、移動途中に、この人物をクラレッタの兄マルチェッロ・ペタッチだと認めた者があって、ビルは男を連れ戻す。しかし悪いことに、故国に奉仕を捧げただの、自分が発見したヒトラーにも内密の秘密兵器があるだのと口走るうちに、彼もまたヴァレリオによって処刑者の列に加えられる。

　そのすぐあとに、ヴァレリオと部下たちはデ・マリアの家に到着、ムッソリーニとペタッチを引き取って車でジュリーノ・ディ・メッツェグラの細道に連れて行き、下車させる。ムッソリーニは当初、ヴァレリオは自分を救い出しにきたのだと思った節があり、このときになってようやく自分の運命を理解したようだ。ヴァレリオは鉄の柵のほうにムッソリーニを押しやり、判決文を読み上げ、（彼自身が言うには）クラレッタを離そうとする。が、彼女のほうは必死で愛人にしがみついている。ヴァレリオは発砲しようとする。だが彼の軽機関銃は故障して動かず、ランプレーディに代わりの機関銃を頼んで五発、処刑者に向かって発砲する。それから、ペタッチが突然、機関銃の弾道に身を躍らせ、誤って殺された、と述べることになる。これが四月二十八日だ。

「が、これらすべてをおれたちはヴァレリオの証言から知っているわけだ。彼の話では、ムッソリーニはボロ裂《きれ》のように死んだというが、のちに生まれた伝説では、コートの襟元《えりもと》を開いて心臓を狙えと叫んだという。実際のところ、あの細道で何が起こったのかを知る者は誰もいない。現実に死刑を執行した者たちをのぞいては。彼らは後年になっても共産党に操られていた人々だ」

ヴァレリオはドンゴに戻り、他のファシスト指導層の銃殺を組織する。バッラークは背後から撃たれたくないと頼むが、みなの中に押されて入る。ヴァレリオはその群れにペタッチの兄も入れるが、何をしでかしたのか、彼を裏切り者とみなす他の処刑者たちから抗議の声が上がる。そこでペタッチはみなとは別に銃殺することになる。他のみなが倒れたあと、ペタッチは身をよじって逃れることに成功し、湖のほうへと逃走する。追っ手に捕まるが、またも逃げのびて湖に飛び込み、必死で泳ぐが、軽機関銃とマスケット銃の一斉射撃を浴びた。自分の部下たちが銃殺に参加するのを望まなかったペドロは、ペタッチの死体を湖から引き上げさせ、ヴァレリオが他の処刑者の遺体を乗せたトラックに一緒に乗せた。トラックはその後ジュリーノに向かい、ドゥーチェとクラレッタの遺体をも乗せる。それからミラノをめざし、四月二十九日にはすべてミラノのロレート広場に置かれた。一年ほど前にパルチザンたちの銃殺死体が投げ置かれ、ファシスト兵らによって丸一日、日曝しにされた場所だ。その間、遺族は遺骸を引き取ることもできなかった。

この段を語りながら、ブラッガドーチョは私の腕をしっかとつかんだ。あまり強くつかむので、腕をぐいと引っぱって自由にしたほどだ。「すまない」彼は言った。「が、問題の核心に入るところなんだ。よく聞いてくれ。ムッソリーニが彼のことを知る人たちの前に公然と姿を見せたのは、あの午後、ミラノの大司教館が最後なんだ。それ以降は忠臣たちと移動していた。そしてドイツ軍に身を託し、パルチザンに逮捕されてからは、彼とかかわった者たちの誰ひとり、それ以前に個人的にムッソリーニに会ったことはない。写真やプロパガンダ映画で見ただけだ。最後の二年ほどの写真では、すっかりやせてやつれた姿で写っていて、よくある言いまわしとはいえ、別人のようだと囁《ささや》かれていた。四月二十日のカベッツラとの最後のインタビューの話をしたが、ムッソリーニはそれを二十二日に読み直してサインしている。憶えているかい？　さて、そのカベッツラだが、回想にこう記している。『巷《ちまた》に流れる噂とは裏腹に、私はすぐにムッソリーニの健康状態が良好であることを見てとった。その前に見たときよりもはるかに元気だった。それは一九四四年十二月のリリコ劇場での演説だった。その前に会見を許された一九四四年の二月、三月、八月にも今ほど元気には見えなかった。顔色も健康的で日焼けし、目も生き生きとして活発に動いた。若干太ったようであった。前年の二月にはすっかりやせて、顔もやつれ憔悴《しょうすい》して見え、とても驚かされたのだが、少なくともそんなようすはもう見られなかった』カベッラの記述もプロパガンダであって、力みなぎるドゥーチェを見せたいのだと、そう認めてもいい。が、ここでペドロの回想を読んでみよう。逮捕後、ドゥーチェとはじめて会ったときのことだ。『扉の右、大きなテーブルのそばにすわっている。彼だと知らなかったら、おそらく誰だかわからなかっただろう。年老いて憔悴し、怯えている。目は大きく見開かれ、絶え間なく動いている。右へ左へと頭をぴくぴく奇妙に向け、恐れるかのようにまわりを見まわしている……』逮捕されたばかりだ、恐れるのも当然だろう。が、例のインタビューからたった一週間、その数時間前までは国境を越えられると思っていた人間だ。七日間でこんなに簡単にやせられると思うか？　つまり、カベッラと会見したのとペドロと会見したのは、同じ人物ではないということだ。注意してほしいのは、ヴァレリオだってムッソリーニをじかに知っていたわけではないことだ。麦を刈る姿を見せ、宣戦布告をした男――ヴァレリオは神話を、イメージを銃殺したんだ……」

「つまり、ふたりのムッソリーニがいたと言うのか……」

「話を続けよう。銃殺死体到着の知らせが町中に広まり、ロレート広場には喜び激昂した群衆が押し寄せる。群がって死体を踏みつけ、ずたずたにし、罵倒し、つばを吐きかけ、足で蹴るといったありさまだ。戦争で死んだ五人の息子たちの復讐に、ムッソリーニの遺体に銃を五発撃った女性がいれば、ペタッチの上に尿を放った女性もいる。最後には、こういう暴力を避けるため、ガソリンスタンドの鉄骨に遺体は足から吊された。我々の知る当時の写真はこのときの光景を見せている。昔の新聞から切り取ったんだ。これがロレート広場、これはその翌日、パルチザンの一部隊が遺体をゴリーニ広場の死体安置所に運んだときのムッソリーニとクラレッタ。写真をよく見てくれ。弾丸に撃たれ、そのあとは激しく踏みつけられて損なわれた顔だ。逆さ吊りにされた人間の顔の写真なんて見たことあるかい？　目が口の位置にあって、口は目の位置にあるわけだ。顔なんて見たってわからなくなるよ」

「したがって、ロレート広場の男、ヴァレリオの殺した男はムッソリーニではなかった。が、ペタッチは、ムッソリーニのもとに行ったとき、わかったはずだろう……」

「ペタッチについては、あとでまた話す。とりあえず、おれに仮説をたてさせてくれ。

独裁者は影武者をもっているはずだ。暗殺を避けるために、公式パレードなどで何回使ったことか。遠くから見られるだけだし、車の上でまっすぐ立っていればいいんだ。ドゥーチェが無事に逃走できるように、コーモへの出発以降のムッソリーニはもう本物のムッソリーニではなく、影武者だった」

「じゃあ、本物のムッソリーニはどこなんだ？」

「落ち着け、本物の話もいずれするよ。影武者は何年もの間、世間から引っ込んだ生活をした。高い報酬を得、たっぷり栄養を与えられ、一定の機会にときどき姿を見せればよかった。もはやほとんど自分をムッソリーニと同一化していて、またもムッソリーニの代わりをつとめることを承知させられる。たとえ国境を越える前に捕まったとしても、ドゥーチェに危害を加えようとする者などない、などと説明されて。連合軍の到着までの間、出すぎることなく代役をすればいい。そして連合軍には自分の身元を明かせば、何の罪にも問われない。せいぜい強制収容所で数か月すごせば済むことだ、と。代償としてスイスの銀行にちょっとした財産が待っている」

「が、最後まで付き添うファシスト党上層部の連中は？」

「上層部は、ドゥーチェの逃走のためにお芝居を受け入れたのさ。ドゥーチェは連合軍に身を預けることができたら、彼らをも救おうとしただろう。あるいは、最も狂信的な連中は最後まで抵抗することを考える。彼らだって、最後に残った者たちを刺激して破れかぶれの戦いに向かわせるには、信じるに値するイメージが必要だ。あるいは、ムッソリーニは最初から二、三人の腹心の部下とだけ同じ車に乗って移動し、上層部でもあとの人間は、サングラスをかけた姿を遠くから見るだけだったかもしれない。それはわからないが、でも大した違いはない。ムッソリーニとされる人物がどうしてコーモで家族と会うのを避けたのか、それを説明できるのは、影武者という仮説だけなんだ。身代わりを使っているという秘密が家族にまで知られることは避けたかった」

「で、ペタッチは？」

「なんとも哀れな話さ。彼女は本物の彼に会えると思って行くのだが、すぐに誰かの指示を受けて、よりほんとうらしく見せるために、偽者を本物のムッソリーニのように扱わなければならなくなる。そうして国境まで行けば、あとは自由にどこへ行ってもいい」

「でも、最後のシーンは？　彼にしがみついて一緒に死にたいという」

「ヴァレリオ大佐が言った話にすぎないよ。これは仮定だが、壁際に立たされて、影武者はすっかり怯え、自分はムッソリーニではないと声を上げる。なんという卑怯者だ、ありとあらゆる手段を使う、とヴァレリオは思ったろう。で、発砲するわけだ。ペタッチとしては、彼が自分の愛人ではないことをわからせたくはないから、ほんとうらしく見せるために、抱きついたのだろう。ヴァレリオが自分をも撃つなんて思ってもいなかった。が、わからないな。女性はヒステリックになるから、頭にかっと血がのぼって騒ぎ、ヴァレリオは黙らせるために集中射撃を喰らわせるしかなかったのかもしれない。あるいは、こういうこともあり得る。ヴァレリオはこのときになって別の人物であることに気づくが、しかし彼はムッソリーニを殺すために送り込まれたんだ。すべてのイタリア人にあってただひとり、彼だけが、だ。それなのに、その栄光を無にするのか？　そこで、彼もその芝居に乗るわけだ。その影武者が生きていたときに本物に似ていたのなら、死んでからはなおさらだ。一体誰が正体を明かせるだろう？　解放委員会は死体を必要としていた。そして手に入れた。いつの日か本物のムッソリーニが現れたとしても、それこそ偽者だと言うことができる」

「が、ほんとうのムッソリーニは？」

「そこは、おれの仮説の中でまだよく練らなければならない部分だ。どうやって逃走に成功したのか、誰に助けられたのかを説明する必要がある。大筋を追ってみよう。連合国はムッソリーニがパルチザンの手に落ちることを望まない。明かされては当惑する可能性もある秘密を、ムッソリーニは握っているからだ。チャーチルとの書簡とか、そのほかどんな弱点があったことか。それだけで、もう立派な理由だが、とくにミラノの解放とともに冷戦がはじまる。ソ連軍がベルリンに接近しつつあり、もはやヨーロッパを半ば支配していたし、パルチザンの大多数は共産主義者で、武器で身を固めている。ソ連にとってパルチザンの存在は、イタリアまでソ連に渡す用意のある第五列のようなものだ。だから連合国側は、少なくともアメリカは、親ソ革命に対する抵抗運動を調えておく必要がある。そのためには、ファシズムの生き残りだって使わなければならない。そもそも、フォン・ブラウンなどのナチの科学者を救い、アメリカに連れて行って、宇宙に挑戦するための仕事をさせただろう？　アメリカの秘密諜報員は細かなことにこだわらないんだ。ムッソリーニも敵として害を与えることがなければ、将来は味方として役に立つかもしれない。したがって、ムッソリーニはイタリアの外に出して、どこかで一定期間、いうならば冬眠させる必要がある」

「が、どうやって？」

「だからさあ、ことを最後まで運ばせないように割り込んできたのは誰だ？　ミラノ大司教。バチカンの指示に従って行動していたはずだ。そして、大勢のナチやファシストを助けてアルゼンチンに逃がしていたのは誰だ？　バチカンだ。ここで、想像してみてくれ。大司教館から出るとき、ムッソリーニの車に影武者を乗せ、本物のムッソリーニはもっと目だたない別の車に乗り込んで、スフォルツェスコ城に向かう」

「どうしてスフォルツェスコ城に?」

「大司教館から城までは、ドゥオーモに沿って進み、コルドゥージオ広場を横切ってダンテ通りに入れば、五分で行けるからだ。コーモに行くより簡単だろう? そしてスフォルツェスコ城には、今日でも秘密の地下室がたくさんある。知られている空間は、ゴミ溜めなどに使われている。そのほか、戦争末期には防空壕に使われていたものもあった。多くの文献によると、昔はいくつかの通路があったらしい。まさに地下道で、城から町のいろいろな地点へ行くことができた。そのうちのひとつはまだ現存するらしいが、天井が崩れたりして今では入り口がわからない。これは城からサンタ・マリア・デッレ・グラツィエ教会の修道院に通じるものらしい。ムッソリーニはそこに何日間か隠れていたんだ。その間、みなは北のほうを探し、ロレート広場では偽者をずたずたにする。ミラノでことが落ち着くや否や、バチカン市国のナンバープレートをつけた車が夜中にムッソリーニを引き取りに寄る。当時は道も整っていないが、司祭館から司祭館へ、修道院から修道院へと移動を続け、ついにローマに到着する。ムッソリーニはバチカン市国の城壁の中に消える。どういう解決法がいちばんいいかはきみにまかせるよ。年老いた病気がちの聖職者に変装し、バチカンに留まる。あるいは人嫌いの偏屈で病気がちの修道僧となって、ヒゲを生やし頭巾をかぶり、バチカンのパスポートでアルゼンチン行きの船に乗る。そして、そこで待つんだ」

「何を待つんだ？」

「それはあとで言うよ。今のところ、おれの仮説はここ止まりだ」

「しかし、発展させたいなら、仮説には証拠が必要だろう」

「それは、数日中にそろうよ。記録保管所や当時の新聞を調べ終えたらね。明日は四月二十五日、運命の日だ。あの日々のことをよく知る人に会いに行く予定だ。ロレート広場に曝された死体がムッソリーニではなかったことを証明できると思うよ」

「昔の娼館についての記事を書くんじゃなかったのか？」

「娼館のことなら目をつむっても書ける。日曜日の夜に一時間もあればできるよ。話を聞いてくれてありがとう。どうしても誰かに話す必要があった」


また勘定を払わされたが、おごってやる価値はあったろう。ふたりで外に出ると、彼はあたりを見まわし、壁をかすめるようにして歩いて行った。まるで誰かにつけられるのを恐れるかのように。

10　五月三日　日曜日

ブラッガドーチョは気がどうかしている。ともあれ、話はまだ佳境に入っていないと言うから、続きを待つことにした。でっち上げかもしれないが、小説並みだ。いずれわかるだろう。

常軌を逸しているといえば、マイアが自閉症だという話を忘れたわけではなかった。彼女の心理を少し探ってみたいと思っていたが、今は自分の望むのがそれではないことはわかっていた。あの晩、彼女を家まで送ったとき、建物の入り口で帰らず、彼女と一緒に中庭を横切った。小さな屋根があって、その下に、ずいぶんボロの赤いフィアット五〇〇が止まっていた。「私のジャガーよ」とマイア。「もう二十年ぐらいになるはずだけれど、まだ走るのよ。一年に一回、車検をすればいい。この近くにはまだ交換のための部品をもっている整備工もいるし。ほんとうにきちんと整備したかったら、かなりのお金がかかるけれど、アンティークとしていい値で愛好家に売れる。乗るのはオルタ湖に行くときだけだけれど。知らないでしょ、私、財産を相続したのよ。祖母がオルタ湖畔の丘陵部に小さな家を残してくれて。山小屋に毛の生えたようなもので、売ったところで大したお金にはならない。それで、少しずつ中を整えたの。暖炉があって、今もテレビは白黒。窓からは湖とサン・ジュリオ島の眺め。私の静かな隠れ家よ。週末はほとんどそこですごしているの。そうね、今度の日曜日、一緒に行く？　朝早く出発すれば、簡単なお昼を用意できる。料理は下手じゃないのよ。夕食時にはミラノに帰ってこられるわ」

日曜日の朝、車を運転していたマイアが、唐突にこう言った。「ねえ、見た？　今では崩れかけているけれど、数年前はまだきれいなレンガ色だったのよ」

「何が？」

「道路監視員舎よ。今通りすぎたばかりよ。左にあったでしょう」

「何言っているんだ。左側だったら、きみにしか見えないだろう。こっちには右にあるものしか見えないよ。赤ん坊の棺みたいなこの車の中から左側にあるものを見ようとしたら、きみの上に体を乗り出して頭を窓の外に出さない限り見えやしないよ。まったく本気かい、おれにその家が見えるなんて?」

「そう……?」と、まるで私が変わったことを言いでもしたような口調だった。

そこで、私は彼女の悪い癖のことを言ってみた。

「まさか」彼女は笑いながら言った。「たぶん、あなたのことを私を守ってくれる騎士のように思っているから、信頼のあまり、私の考えていることをあなたも考えているように考えてしまうだけよ」

それを聞いて私はうろたえた。彼女が考えていることを私も考えているなどとは、絶対に考えてほしくなかったからだ。それはあまりに親密なことだった。が、同時にどこか愛《いと》しくもあった。マイアには自分を守るすべがないように思えた。無防備のあまり、自分の内面の世界に逃げ込み、他人の世界(おそらくそれは彼女を傷つけた)に起こることごとを見ようとしない。しかし、そうだとしても、彼女はこの私に信頼を寄せているのだ。そして、私の世界に入れない、あるいは入りたくないがために、私のほうが彼女の世界に入ることを夢見ているのだ。

彼女の家の中に入ったとき、正直、私は少々戸惑った。質素そのものだが、かわいらしい。五月とはいえ、季節は熟しておらず、このあたりはまだ涼しかった。マイアは暖炉に火をくべ、炎が勢いよく上がると立ち上がり、熱を浴びて火照《ほて》った顔を、嬉しそうに私のほうに向けた。「私……嬉しいな」こう言った。そして、その嬉しさは私を虜にした。

「おれも……嬉しいよ」私は言った。そして、彼女の肩に手をやり、自分でも気づかぬうちに彼女にキスしていた。小鳥のようにやせっぽっちの彼女がしっかり抱きしめてくるのを感じた。が、ブラッガドーチョは間違っていた。胸はあった。小さく引き締まった胸が。雅歌にある二匹の子鹿のような乳房。

「嬉しいわ」彼女は繰り返した。

私は最後の抵抗を試みた。「ねえ、おれはきみの父親と言ったっておかしくないんだよ」

「素敵な近親相姦ね」彼女は言った。

彼女はベッドに腰をおろし、つま先とかかとを素早く弾かせ、靴を遠くに飛ばした。たぶんブラッガドーチョが正しかったのだ。彼女はふつうではないのだ。が、このしぐさに、私は降参せざるを得なかった。

私たちは昼食を抜いた。夜まで彼女のベッドから外に出ず、ミラノに戻ることなど考えもしなかった。私は罠《わな》にはまってしまった。まるで二十歳に戻ったみたいだった。

あるいは、少なくとも彼女と同じくらいの三十歳に。

「マイア」私は翌朝、ミラノへの帰途にこう言った。「少し金が貯まるまではシメイのところで働き続けなければならない。そのあとは、あの巣窟から連れ出してやる。が、もう少し辛抱するんだ。あとのことはまた考えよう。南の島にでも行こうか」

「それは信じないけど、でも、そう考えるのは素敵だわね、ツシタラ。*今のところは、あなたがそばにいてくれるなら、シメイのことだって我慢して星占いをやるわ」

*サモアの言葉で「語り部」。サモア諸島ウポル島の人々は、この地に移住したイギリス人作家ロバート・スティーヴンソンをこう呼んだ。

11　五月八日　金曜日

五月五日の朝、シメイは興奮気味だった。「諸君の誰かに頼みたい仕事がある。そうだな、パラティーノ、きみは今のところ空いていたな。きみたちも読んだだろう、数か月前のニュース。つまり、二月にはまだ真新しいニュースということになる。リミニの判事が高齢者用ケアハウスの経営について調査をはじめた。ピオ・アルベルゴ・トリヴルツィオの件のあとだ、スクープになる話題だ。そのケアハウスには、本紙の出資者の所有するものはないが、みなも知っているだろう、彼も同じくアドリア海の沿岸にいくつかのケアハウスをもっている。このリミニの判事がコンメンダトーレの事業にも鼻を突っ込むことになったら困る。どうすれば、おせっかいな裁判官に疑惑の影を投げかけることができるか、それを見せることができれば出資者も喜ぶだろう。いいか、今日では、告発・非難に応酬するためには、その反対を示す必要などないのだ。告発者の信憑性を失わせるだけでいい。これがその人物の氏名だ。パラティーノ、録音機とカメラをもって、ひとっ走りリミニまで行ってくれ。この完全無欠の公僕の跡をつけるんだ。一〇〇パーセント完全無欠の人間などいない。ペドフィリアだとか祖母殺しだとかは言わない、賄賂を受け取ったわけでもないだろうが、しかし、何かしら奇妙なことのひとつぐらいはしたはずだ。あるいは、こういう言い方をしてもよければ、彼が毎日することを奇妙化するのだ。パラティーノ、想像力を働かせてやってくれ。いいか？」

三日後、パラティーノはかなり好奇心をそそるニュースを携えて戻ってきた。判事が公園のベンチにすわって、次々とタバコをふかすところを写真に撮ったのだ。足元には十本もの吸い殻が落ちている。パラティーノ自身はこれが役に立つのか確信がなかったが、シメイは役に立つと言った。熟考と客観性とを期待される人物が、神経質な印象を与える。それだけではなく、書類の山を前に仕事に精を出すべきなのに、外で時間をつぶしている。さらにパラティーノは、ガラス越しに食事中の判事を撮影した。中華料理店で、箸《はし》を使っている。

「すばらしい」シメイは言った。「本紙の読者は中華料理店になど行かない。おそらく読者の住む町には中華料理店なんてないし、箸でものを食べるなんて、そんな野蛮なことは夢にも思わない。読者は思うだろう、一体どうしてこの人物は中国人の店になど通うのか。まじめな判事なら、どうしてみなのようにピッツァやスパゲッティを食べないのだろうか、と」

「それだけではないんですよ」とパラティーノ。「履いている靴下が、エメラルドグリーンというか、グリーンピースの緑というか。* それにテニスシューズ」

「テニスシューズを履いていた！　それにエメラルドグリーンの靴下！」シメイは歓喜の声を上げた。「ダンディなんだ。あるいはかつてのフラワーチャイルドか。マリファナぐらい吸うのではと、難なく想像できる。もっとも、これは書かない。読者が自分で気づかなければならないことだ。パラティーノ、以上の点を考えてやってみてくれ。翳《かげ》りがちらちら目につく人物像を浮かび上がらせるのだ。それでうまく始末がつく。ニュースではないものからニュースを引っぱりだすわけだ。しかも、偽ることなく。コンメンダトーレもきみに満足することだろう。むろん、我々全員に、だ」

＊二〇〇九年に実際に起こったこと。モンダドーリ社の株の獲得をめぐり、主要株主であったＣＩＲ社に対する多額の賠償金をベルルスコーニ氏のフィニンヴェスト社に科す判決を出した判事を、同社が持株会社のＴＶ局が尾行し、タバコを次々に吸う様子やトルコブルーの靴下を取りあげて「風変わりな言動」と報じた。

ここでルチディが口を開いた。「きちんとした新聞は人物ファイルをもつべきでしょう」

「どういう意味だ？」シメイが聞いた。

「すでにでき上がっている有名人の死亡記事と同じですよ。夜の十時に重要人物が死ぬ、三十分で正しい情報の死亡記事を書ける人間などいない、といって、日刊紙が泡を食っている場合ではない。だから、何十もの準備稿を前もって用意する。業界で『ワニ《コッコドリッロ》』と呼ばれているやつですよ。誰かが急死しても、もう死亡記事はできているから、死亡時間を変えるだけでいい」

「が、我々はゼロ号を翌日のために出すんじゃない。一定の日のものをつくるわけだから、その日の新聞を見れば『ワニ』は手に入る」こう私は言った。

「それに、我々が載せるのは、大臣とか大企業家だ」シメイがコメントした。「読者が名前を聞いたこともないようなマイナーな三文詩人はいらない。そういうのは、文化面を埋めるのに役立つものだ。大新聞は毎日、なくてもいいニュースやコメントを文化面に載せなくてはならないからね」

「繰り返しますが」とルチディが言った、「『ワニ』はあくまで例として言っただけです。しかし、人物ファイルはだいじですよ。一定の人物について風説を集めておけば、いろいろな場合の記事に役立つ。間際になって調べたりしないで済む」

「それはわかる」シメイが言った。「が、大新聞にしかできない贅沢だ。人物ファイルの作成には多大な調査が必要だが、きみたちを毎日そんな仕事に使うわけにはいかない」

「そんなことはありませんよ」とルチディは微笑んでみせた。「ファイル作成は大学生にだってできる。少しばかりのバイト代をやって新聞雑誌資料室をまわらせればいいんです。人物ファイルが未公開の情報を含んでいるなんてお思いではありませんよね? 新聞だけではなく、諜報機関だってそうです。諜報機関でさえ、そんなことに時間を浪費できない。人物ファイルの中身は、みなの知っていることが書いてある出版物や記事の切り抜きです。知らないのは、新聞を読む暇のなかった大臣とか野党のリーダーの本人だけで、それを国家機密であるかのように考える。人物ファイルは雑多なニュースを集めたもので、それに関心をもった人が、疑惑や暗示が浮かび上がるように練り上げればいいのです。ある記事では、某が何年か前にスピード違反で罰金を科せられたといい、また別の記事では、先月ボーイスカウトのキャンプを訪問した、そしてまた別の記事で、ディスコで見かけられた、という。ここから出発して、この人物が酒を飲みに行くために交通法規を破るような無謀な人間であり、おそらく、おそらくと言ってはおくが、明らかに、少年が好きなのだと思わせることができる。信用を落とさせるには十分でしょう。しかも、真実しか言わずに。さらに、人物ファイルの強みは、それを見せる必要はないということ。ファイルが存在し、興味深い情報を含んでいるという噂を流すだけでいい。某は、どういう内容かはわからないが、我々が自分についての情報をもっていると知る。白日の下に曝されたら困る秘密のひとつぐらい、誰にだってある。これでもう罠にはまったも同じですよ。本人に何か尋ねるだけで、たちまちおとなしくなるでしょう」

「人物ファイルというのは気に入った」シメイが言った。「出資者も、彼を好かない人間、あるいは彼が好かない人間をマークしておく手段をもつことは喜ぶだろう。コロンナ、頼むが、本紙出資者とかかわりのありそうな人物のリストをつくり、なかなか卒業できないでいる金欠の学生を見つけて、十人ほどのファイルを作成させてくれないか。今のところはそれで十分だろう。なかなかいい提案だ。しかも安上がりの」

「政治でも、このようにするんです」あたかも世故に長けたふうにルチディは言った。

「そして、フレジアさん」シメイはニヤリとしてこう言った。「そんな憤慨したような顔、しないでくださいよ。あなたの働いていたゴシップ誌が人物ファイルをもっていなかったとでも？　あなたのほうは、手をつないで歩くのを承諾した役者カップルだとか、タレントとサッカー選手のカップルの盗み撮りをしに行くわけだが、彼らはちょうどそこに居合わせなければならないし、抗議をされても困る。あなたの編集長は彼らに、そうすればよりホットな内容のニュースの公表は避けられる、などと言ったのかもしれない。たとえば、女性のほうは以前怪しげなホテルで目撃されたとか」

マイアに目をやったルチディは、同情心からか、話題を変えた。

「今日は、他のニュースがあるんです。もちろん、私の個人的な人物ファイルから取ったものですが。一九九〇年六月五日、アレッサンドロ・ジェリーニ侯爵がジェリーニ財団にかなりの財産を残した。サレジオ会系の宗教法人です。が、今もって、その金がどうなったかはわからない。サレジオ会は金を受け取ったものの、税金上の問題で知らんぷりをしているのだと言う者もある。それより、まだ受け取っていないと見るほうが有力です。財産の譲渡は、謎の仲立人に左右されるという噂もあり、弁護士と思しきこの人物が要求しているという報酬が、まさに賄賂と言えそうなのです。が、別の噂もあって、それによるとサレジオ会内部の一定のグループもこの譲渡に加担しているらしく、そうなると、不法な金の分配ということも考えられる。今のところは噂にすぎないのですが、また別の人物に取材してみてもいいと思います」

「調査は続けたまえ」シメイは言った。「しかし、サレジオ会ともバチカンとも衝突しないように頼むよ。たとえば、『サレジオ会が詐欺被害?』などと、疑問符をつけた見出しなら、彼らとの事故は避けられるだろう」

「それより、『サレジオ会、台風の眼のなかに?』としたら?」カンブリアが尋ねた。

例のごとく的外れなやつだ。

私はここで厳しく正した。「はっきり言ったつもりだが、読者にとって台風の眼のなかとは、苦境に陥っていることだ。自分で自分の首を絞めて災難に遭っているということだってあり得る」

「その通り」シメイが言った。「我々としては、漠然とした疑惑を広めるにとどめておこう。誰だか、どさくさに紛れてうまいことをしようという者がいる。それが誰だか我々が知らなくても、確実にその人間は怯えるだろう。それで十分だ。そのうち時期がきたら、我々に、我々の出資者に、勘定が入ってくる。いいぞ、ルチディ、この調子で進めてくれ。くれぐれもサレジオ会には最大の敬意を忘れないこと。が、彼らも少しぐらい不安を感じたって悪いことはないだろう」

「すみませんが」と、マイアがおずおずと尋ねた。「本紙の出資者は、この人物ファイルとほのめかしの戦術を、是認しているのですか。あるいは是認するのでしょうか。ちょっと確認までですが」

「我々は、新聞の記事内容上の選択について出資者に報告する義務などない」と、シメイは憤慨して言った。「コンメンダトーレが何かしら私に働きかけてきたことなど一度もない。さあ、仕事だ、仕事だ」

その日、私はシメイとふたりだけで話し合いをもった。私はむろん、自分が何のためにこの仕事場にいるのかを忘れたわけではなく、『明日、昨日』の本の何章かの大筋を控えていた。だいたいが、これまでの編集会議の内容だったが、役割を逆転させ、スタッフが慎重さを進言するときにも、シメイの姿勢はいかなる告発にも取り組む覚悟だったというものにした。最後に、サレジオ会に近い高位聖職者がシメイに巧言令色の電話をしてきて、厄介なジェリーニ侯爵の件にはかかわらないほうがいいと、やんわり仕向けようとするという章を付け加えようかとも思った。もちろん、シメイの受け取った電話はそれだけではなく、たとえば、高齢者施設ピオ・アルベルゴ・トリヴルツィオにドロを投げかけるのはよしたほうがいいと、親切に警告するものもあった。しかし、シメイは、『デッドライン』のハンフリー・ボガートのように、「新聞さ、おまえにはどうすることもできない！」と答えたのだった。

「すばらしい」シメイは興奮気味に言った。「コロンナ、あなたは貴重な協力者だ。

このような感じで続けましょう」

むろんのこと、星占いを作成するマイア以上に、私は屈辱を感じた。しかし、やりはじめた以上、今のところは続けるしかなかった。南の海のことを考えるとなおさらだった。それがどこであろうとも。たとえ、リグーリアのロアーノの海であっても。ロアーノだって、負け犬には十分だ。

12　五月十一日　月曜日

次の月曜日、シメイは私たちを集めてこう言った。「コスタンツァ、きみのストリートガールの記事だが、くそ暑いだの、くそみそに言う、などの言葉が多すぎる。それに、出てくる娼婦は、くそったれ、なんて言葉を口にする」

「でも、そうなんですよ」コスタンツァが言った。「今ではテレビでも誰もが汚い言葉を使う。女性だってくそってて言いますよ」

「ハイソサエティのすることは我々には興味ない。我々が考えなければならないのは、汚い言葉を使うことをいまだ恐れている読者たちだ。婉曲《えんきょく》な表現を使うこと。コロンナ？」

ここで私は介入した、「やたらと暑い、けなす、悪態をついた、などと言えばいいでしょう」

「クソを垂れることの一体どこが特別なのか」ブラッガドーチョが皮肉った。

「そういう我々の論も載せるわけにはいかないよ」シメイは言うのだった。

それから、私たちは別の話題に移った。一時間ほどして会議が終わると、マイアは私とブラッガドーチョを脇に呼んで言った。「私、いつも的外れだからもう発言しないことにしたのだけれど、言い換えの手引きを掲載したらいいと思うの」

「言い換えって、何の？」ブラッガドーチョが聞いた。

「ミーティングで出た、汚い言葉のことに決まっているじゃない」

「一時間も前の話題だぜ！」ブラッガドーチョは、ほら、彼女はいつもこうだろう、と言いたげな目で私のほうを見ながら、あきれ果てて言った。

「まあ、いいじゃないか」私はなだめるように言った。「彼女は考え続けていたんだろうから……。さあ、マイア、その極秘の考えとやらを言ってくれるかい？」

「つまり、何か驚きや腹立たしさを表すのに『くそっ』と言う代わりに、『ああ、体内に摂取された食物が消化吸収されたのち消化管から排泄される固体の排泄物！　財布を盗まれた！』と言うべきだと勧めるわけ」

「やっぱり奇天烈だよ、彼女は」ブラッガドーチョが言った。「コロンナ、おれのデスクまできてくれないか。見せたいものがあるんだ」

私は、マイアにそっと目配せして、ブラッガドーチョと離れて行った。マイアの自閉症は、それが自閉症だとすればだが、私をますます惹きつけた。

他のみなはもう退社し、あたりは暗くなっていた。ブラッガドーチョはスタンドの灯りの下で、一連のコピーを示して見せた。

「コロンナ」彼は話しだした。「まるで他人の目から隠すかのように、紙の束のまわりに両腕をかざして。「文書館で見つけた記録だ。ロレート広場に曝された翌日、ムッソリーニの死体は大学の法医学研究所に移され、解剖が行われた。これが医者の報告書だ。読んでくれ。『王立ミラノ大学法医学・保険医学研究所、マリオ・カッタベーニ教授。死体解剖結果報告書七二四一号、一九四五年四月三十日執行、ベニート・ムッソリーニ（一九四五年四月二十八日死亡）。死体は衣服を取り除いた状態で解剖台に調えられた。体重七二キログラム。外傷により頭部が著しく変形しているため大まかな測定になるが、それによると身長は一メートル六六センチ。顔面は、火器による損傷・打撲傷の複合的な損傷により外観を損じており、外面的特徴をほぼ判別不能にしている。頭蓋骨・顔面骨の粉砕骨折による変形のため、頭部の測定は行われない……』このあたりは飛ばそう。『……頭部は骨格が完全に崩れて変形、左頭頂骨・後頭骨部分全体が深く陥没し、同じく左側の眼窩《がんか》部分が押しつぶされて、眼球は破裂してつぶれた状態を呈し、硝子体《ガラスたい》は完全に流出。眼窩の脂肪組織は、大きな創傷により広い範囲にわたり露出、血液は認められない。前頭中部と左側頭頂・前頭部の頭皮上に大きな二本の創傷が見られ、それぞれ長さ六センチ、創縁は引き裂かれ、頭蓋骨を露出させせている。後頭部には、正中線の右に互いに接近した位置二カ所に穴。創縁は外側にめくれ、最大直径約二センチ、血液は認められず、ぐしゃぐしゃになった脳が露出』おい、聞いたか？　ぐしゃぐしゃになった脳だ！」

ブラッガドーチョは汗ばんで両手は震え、下唇は唾液で濡れていた。食い物好きが興奮して脳みそフライやトリッパ料理、グヤーシュの匂いをかぐときの表情だ。彼は続けた。

「『うなじには、正中線から少し右の位置に直径三センチに及ぶ大きな創傷穴。創縁は外側にめくれ、血液は認められない。右の側頭部の互いに接近した位置二カ所に円形の穴。細かく引き裂かれた創縁に血液は認められない。左側頭部に大きな創傷。創縁は外側にめくれ、ぐしゃぐしゃになった脳が露出。左耳甲介に広い射出口。この二カ所の損傷も死後損傷に典型的な外観を呈す。鼻の付け根に小さな創傷口。粉砕した骨の断片が外側を向き、少量の血液が認められる。右頬三カ所に穴。それぞれ深部の後方、やや斜め後方、やや斜め上に向かい貫通。創縁は内部に向かい漏斗状を呈し、血液は認められない。死後損傷の特徴を有する上顎骨の粉砕骨折。軟口蓋、口蓋骨格部に広い創傷を伴う』また少し飛ばすよ。創傷場所の測定だが、どこをどう撃ったのかはおれたちにはどうでもいい。撃たれたということがわかりさえすればいい。『頭蓋骨は粉砕骨折して無数の断片になっており、断片の除去により直接に頭蓋骨内部を見ることができる。脳頭蓋の厚さは通常のもの。硬膜は軟化し、前方部に広く創傷あり。硬膜外－硬膜下に出血の形跡はなし。小脳、橋《きょう》、中脳、大脳葉下部の一部がぐしゃぐしゃになっているため、脳を完全に摘出することは不可能。出血の形跡はなし。……』」

彼はその都度「ぐしゃぐしゃ」という言葉を繰り返した。実際のところ、カッタベーニ教授は、（きっと死体のぐしゃぐしゃなありさまにショックを受けていたのだろうが）この言葉を濫用していた。ブラッガドーチョはそれをどこか喜ぶように、「ぐっしゃぐしゃ」と促音を交えもして繰り返すのだった。『滑稽なミステリー』を演じるダリオ・フォーを思い出した。農民の男が、自分の夢見る食べ物をお腹いっぱい食べるところを想像する場面だ。

「先へ進もう。『頭蓋冠の大部分、脳梁、脳底の一部のみが無傷。脳底の動脈は一部のみが、粉砕骨折した頭蓋底の断片の間に認められ、部分的にまだ脳につながっている。前大脳動脈を含むこれらの動脈の動脈壁は、健全と見られる……』考えてもみてくれ。ドゥーチェの体を目の前にしていると確信する医者に、この肉の塊とつぶれた骨の山が誰であったかなんて、わかると思うかい？　しかも、（これはちゃんと書かれていることだが）ジャーナリストやらパルチザン、興奮した野次馬など、ひっきりなしに人の出入りする大部屋だ。そんなところで落ち着いて仕事などできるものか。解剖台の隅に内臓が放っておかれていたとか、肝臓や肺のかけらを投げ合い、ふたりの看護師がその臓物でピンポンをしていたなんてことまで言われているんだ」

こう話しているときのブラッガドーチョは、肉屋の店頭に飛び乗る猫のように見えた。もしもヒゲがあったなら、ピンと張ってぴりぴり震わせたことだろう……。

「それに、先まで読んでいくと、胃には胃潰瘍の形跡が見られなかったこともわかるが、ムッソリーニが胃潰瘍に悩まされていたことは誰でも知っている。梅毒のことにも触れられていない。が、かなり進んだ梅毒だという噂が広まっていた。それに加え、サロでドゥーチェを治療したドイツ人医師ゲオルグ・ツァカリアーは、その少しあとに、患者は低血圧、貧血症で、肝臓は肥大、胃痙攣《いけいれん》、腸の収縮があり、急性便秘症であったと証言している。ところが、死体解剖によるとまったく正常なんだ。肝臓の大きさ、外見・断面とも正常だし、胆管も健全、腎臓、副腎も支障なし、泌尿器、生殖器も正常。これが最後の注記だ。『脳の残った部分は、後日の解剖・組織検査のためにホルマリン漬けにされ、大脳皮質の一断片は、第五軍司令部衛生局（カルヴィン・S・ドレーヤー）の要請により、ワシントン、セント・エリザベス精神病院のウィンフレッド・H・オーバーホルザー医師に譲渡された』以上」

読みながら、一行一行をじっくり味わっていた。まるで死体を目の前にするかのように。死体に手を触れるかのように。まるでタヴェルナ・モリッジにいて、豚のすね肉ザワークラウト添えの代わりに、眼球が破裂してつぶれ、硝子体が完全に流出した眼窩部分を前にして、よだれを垂らすかのように。あたかも、橋《きょう》、中脳、大脳葉下部を味わい、ほとんど液化した脳の露出に狂喜するかのように。

私はすっかり気分が悪くなっていたが、同時にブラッガドーチョに、そして彼を狂喜させるこの痛めつけられた体に、魅せられていたことも否めない。十九世紀の小説で人々が蛇の目に魅了されたのと同じだ。彼の興奮を鎮めようと、私はこうコメントした。「一体誰の解剖だか……」

「その通り。ほら、おれの仮説は間違っていないだろう？　ムッソリーニの体はムッソリーニのものではなかった。少なくとも、誰もそれがムッソリーニだと断言することはできなかった。これで、四月二十五日から三十日にかけての出来事については落ち着いていられるよ」

この晩は何より、マイアのそばにいて穢《けが》れを洗い落としたい気持ちだった。そして、マイアのイメージを編集部から切り離したいと、彼女にほんとうのことを話す決意をした。つまり、「ドマーニ」紙が発行されることはないだろうと。

「そのほうがいいわ」マイアは言った。「私、自分の将来をあれこれ考えるのはやめる。数か月我慢をして、少しばかりのお金を稼ぎましょ。この忌々しいはした金を即金でもらって、そして南の海へ行きましょう」

13　五月下旬

私の毎日は今や二本のレールの上を進んでいた。昼間は編集部で屈辱的な日々を送り、そして晩はマイアのアパートへ。ときには私のアパートですごすこともあった。土日はオルタ湖。夜はふたりとも、シメイのもとですごす一日の埋め合わせをするのだった。マイアは没にされるだけの提案をするのをやめ、楽しみとして、あるいは慰めとして、私だけに話すようになった。

ある晩は、結婚相手募集の広告を集めた冊子を見せて、こう言うのだった。「聞いて、おもしろいのよ。注釈付きで掲載できれば、の話だけれど」

「どういう意味？」

「読むわね。『チャオ、私はサマンタ、二十九歳。高卒、主婦。夫とは別居。子どもはなし。やさしくて明るく社交的な男性を求む』注釈はこうよ――三十路になるところ。夫に逃げられてからは、仕事を探そうにも、やっとこ手にした商業高校の卒業証書だけでは何も見つからない。それで今は、毎日家にいて手をこまねいている（面倒を見るガキがいるわけでもなし）。いい男を探している。見た目はよくなくても、あのろくでなしの前夫のように殴ったりしなければいい。次はこれよ。『カロリーナ、三十三歳。独身、大卒、企業家。髪は褐色、長身。洗練、誠実、落ち着いた性格。好きなものはスポーツ、映画、演劇、旅行、読書、踊り。その他の新しいことへの好奇心もあり。個性的・魅力的・知的な男性を求む。専門職、管理職、軍職など、地位ある方。六十歳まで。結婚前提で』注釈——三十三歳になるまで誰も見つけられなかった。アンチョビのように痩せぎすで、うまく金髪に染められないせいかもしれないけれど、考えないようにしている。苦労して文学部を出たものの、採用試験ではいつも不合格。それで、ちっぽけな作業所をつくり、アルバニア人を三人雇って税金も払わず、村の青空市場で売る靴下を生産している。何が好きなのかは自分でもよくわからないが、少しテレビを見て教区の映画や芝居に女友達と行き、雑誌・新聞を読む。とくに読むのは結婚相手募集の広告。踊りに行きたいけれど、誰も連れて行ってくれない。旦那を見つけるためだったら、他のどんなことにも興味をもつ覚悟。ただし、ある程度お金があって、靴下とアルバニア人をお払い箱にするのを可能にしてくれる人。

年寄りでもいい。できれば、会計士。でも、土地台帳管理局の職員でもカラビニエーリの准尉でも我慢する。それから次。『パトリツィア、四十二歳。独身、商店経営。髪は褐色で長身、やさしく感受性の強い性格。実直・誠実でやさしい男性を求む。気持ちさえあれば、未婚・既婚は不問』注釈――なんてこと、四十二歳にもなって（パトリツィアなんて名前だと五十ぐらいに聞こえるなんて言わないで！）まだ結婚できないなんて。お母さんが残してくれた小間物屋で何とかやっている。やや拒食症気味で根本的にはノイローゼ。誰か寝てくれる男はいないの？　既婚者でもいい、適度な欲求さえあれば。もうひとつ。『ほんとうの愛とは何かを知る女性は存在するのだと、私はまだ信じたい。独身、銀行員、二十九歳。ルックスもよく快活な性格だと自分では思っている。私をすばらしい情熱の渦に巻き込んでくれる誠実で素敵な教養ある女性、求む』注釈――女性とは何ひとつうまくいかない。これまで知り合った数少ない女性は、結婚だけを望むケダモノばかり。おれの薄給で女まで養えるものか。暴言を吐いてそういう女たちを追い払うためか、快活な性格だと言われる。自分でも不細工だとは思わないし、『おっしゃりになって』なんて言わない程度の頭があって、ごたごた言わずにやらせてくれるコはいないのか？　それに、結婚用ではないけれど、すごくおもしろい広告もあった。『演劇協会、来シーズンに向けて役者、エキストラ、メイク係、演出家、衣裳係、求む』観客ぐらいは自分たちで何とかするのかしら？」

実際、マイアは「ドマーニ」紙にはもったいなかった。「シメイがそんなもの載せるわけがないだろう？　承諾されるのはせいぜい広告ぐらいだ。きみの注釈はあり得ないよ！」

「わかっている、わかっている。でも、夢ぐらい見たっていいでしょう」

それから、眠りにつく前にこう言った。「ねえ、あなたは物知りだけど、どうして途方に暮れることを『トラブゾンを失う』って言って、酔っぱらうことを『シンバルを叩く』って言うか知っている？」

「知らないよ。そんなこと、真夜中に聞くことかい？」

「私は知っているわ。というか、この間、読んだの。ふたつの説があって、ひとつは、トラブゾンは黒海の最大の港だったから、トラブゾン航路を失うことは、商人にとって航海につぎ込んだお金を失うことだった、というもの。もうひとつは、こちらのほうが信憑性がありそうだけれど、トラブゾンは船から見ることのできる重要な基準点だったから、これが失われると方向がわからなくなる。だから、『羅針盤を失う』とか『北風を失う』と言うのと同じことになるわけ。『シンバルを叩く』はふつう酔った状態を言うのに使うけれど、語源辞典によると、もともとは度外れに陽気なことを言ったそうよ。十六世紀のアレティーノがすでに使っているのだけれど、詩篇一五〇の『音《ね》の高いシンバルをもって主をたたえよ』からくるのですって」

「一体おれは何者の手に落ちたんだ？　これだけの好奇心があって、どうして何年もアツアツ交際なんて追っていられたんだ？」

「お金、忌々しいお金のためよ。負け組にはよくあることよ」マイアは、私のほうへぴたりと身を寄せて言った。「でも、今は前より負けが軽い感じ。宝くじであなたを当てたんだもの」

　こんな変わり者には何を言えばいいのだ？　今また愛し合うしかないじゃないか。そしてそのとき、私はほとんど勝ち組の気分だった。

　五月二十三日の夜、私たちはテレビを見なかったので、翌日の新聞を見てはじめて裁判官ファルコーネ*の暗殺を知った。私たちは愕然とした。翌朝の編集部では、みなもそこそこ動揺しているようだった。

　コスタンツァはシメイに、この件に一号を割くべきではないかと言った。「それに

＊ジョヴァンニ・ファルコーネ。反マフィアの代表的人物。マフィア撲滅のために尽力するが、マフィアが高速道路にしかけた爆薬により爆殺された。

ついては考えよう」シメイは疑わしげに言った。「ファルコーネの死を扱うとしたら、マフィアについて語ること、警察の無力を嘆くこと、その他もろもろが必要になる。一発で警察、カラビニエーリ、コーザ・ノストラを敵にまわすわけだ。そのようなことがコンメンダトーレの気に入るかどうか。ほんとうの新聞を出すときになったら、判事が爆弾で吹き飛ばされれば、むろん書かなくてはならないし、事件の直後に書くのだから、数日後には否定される恐れがあったとしても仮説だってたてなければならないだろう。それは新聞なるものが冒さざるを得ないリスクだ。が、我々の場合は？ほんとうの新聞の場合も、最も慎重な策は、感情に訴え、親族にインタビューをするというものだ。注意してみれば、テレビもやっていることだ。十歳の息子を酸の中に投げ込まれて殺された母親の家へ行ってベルを鳴らす。『奥さん、お子さんの死を知ったときは、どのようなお気持ちでしたか』人々は目を潤ませ、それでみんな満足する。ドイツ語にいい言葉がある。シャーデンフロイデ、他者の不幸を見て得られる喜び。新聞は、こういう感情を尊重し、かつ掻き立てるべきなのだ。ともあれ、現在のところ、我々はこのような悲哀にかかわる義務はないし、憤慨は左派の新聞にまかせておけばいい。彼らの専門だ。なにより、それほど衝撃的なニュースではない。判事はこれまでにも殺されているし、これからも殺されるだろう。この先まだまだチャンスはあるよ。今回は保留としよう」

　こうしてファルコーネは再び葬られ、私たちはより深刻なことに取りかかった。

　あとになって、ブラッガドーチョは私に近寄り、肘でつついてきた。「おい、見たか？　この事件もおれの仮説を裏づけることはわかっているよな？」

「一体どういう関係があるんだ？」

「一体どういう関係かはわからないが、しかし、関係はあるはずだ。全部が全部と関係しているんだよ。要は、コーヒー占いをするにしても、カップに残った粉を読めるかどうかだ。もう少し時間をくれ」

14　五月二十七日　水曜日

ある朝、起きがけにマイアは言った。「でも、あの人はあまり好きじゃないな」

私はもう彼女のシナプスの戯れには慣れていた。「ブラッガドーチョのことだね」

「当たり前よ。他に誰がいるの?」それから、考え直すようにして、「でも、あなた、どうしてわかったの?」と言った。

「お嬢さんね(シメイだったら、こう言うね)、おれたちが共通に知る人間は六人いる。そのなかで、きみにいちばん失礼なやつを考えたら、ブラッガドーチョだったってわけさ」

「でも、私が考えたのは、そうね、たとえばコッシーガ大統領だったかもしれないじゃない」

「ところが、違うんだ。きみが考えたのはブラッガドーチョだよ。やっときみの言うことが瞬時にわかったというのに、全体どうしてややこしいことを言うんだい？」

「私が考えていることを考えるようになってきたってことね」

何ということだ。まったく彼女の言う通りだった。

「ホモ」その朝、いつもの編集会議でシメイは言った。「ホモは常に注目を引く話題だ」

「ホモという言葉はもうあまり使わないのではありませんか」マイアが思い切って言った。「今ではゲイと言うのだと思いますけど」

「それはわかっていますよ、お嬢さん」シメイはうるさそうに答えた。「しかし、我々の読者は今もホモと言っている。少なくともそう思っている。なにしろ、こういう言葉を言うのもぞっとするわけだから。今ではニグロと言わずブラックと言い、盲人は目の不自由な人と言うのはわかっている。それでも、黒は黒だし、目の不自由な人は何も見えないわけだ、気の毒なことに。私はホモに反感も何もないし、ニグロも同じだ。自分の家に落ち着いていてくれれば、私にはまったく何の問題もない」

「読者にとってぞっとする存在だったら、どうしてゲイのことを扱う必要があるんです？」

「ホモ全般を考えているわけではないんだよ、お嬢さん。私は自由を愛するし、人はそれぞれ自分の思うようにすればいい。ともあれ、政界にも、議会にも、政府にさえいる。作家やダンサーだけがホモだと人は思っているが、彼らの何人かは、こちらが気づかないうちに指導的な立場にある。彼ら同士助け合う、マフィアみたいなものだ。これには本紙の読者も敏感であるはずだ」

マイアは食い下がった。「でも、状況は変わりつつありますよ。十年もしたら、ゲイだと言っても誰も何とも思わなくなるでしょう」

「十年後のことは起こるべくして起こる。世の慣習とは堕落していくものだからね。とにかく、今のところは読者はこの話題に敏感だ。ルチディ、興味深い情報源をいろいろもっているようだが、政界のホモについて何かないかね。ただし注意してほしいが、名前をあげるのはまずい。裁判になったら困る。そういう考えを刺激して、亡霊を彷徨わせるだけでいい。ぞくっとさせ、不快な思いをさせればいい……」

ルチディは言った。「お望みなら、名前もいくらでもあげることができますよ。あるいは、おっしゃるようにぞくっとさせるだけなら、噂として、あるローマの書店の話をしてもいいでしょう。一定の地位の同性愛者たちが人目に立たずに出会う場所です。お客の大多数はふつうの人たちですから。それに、ここでコカインを手に入れる者もいる。本を手にとり、レジにもっていく。そうすると手から本をとって包装してくれるやつがいて、そこでコカインの袋をそっと入れてくれる……。たとえば……、まあ、やめておきましょう。大臣もつとめた人物で、同性愛者でコカインを吸う。公然の秘密ですよ。いや、ある程度の有力者間では知られている。プロレタリアのホモが行く場所ではないし、ダンサーだって行かない。妙なしぐさで目立ちますからね」

「噂というのはいいね。少しきわどい細部を加えてもいい、裏話的な読み物記事にしあげて。名前を暗示するやり方というのもある。たとえば、そこは非常にきちんとした書店で、節度ある人々の通う場であると言って、疑いのかけらもないような作家、ジャーナリスト、上院議員ら、七、八名の名前を並べる。そこに、ひとりふたり、ほんとうのホモも交ぜてやるんだ。中傷だとは言えないはずだ、信用のおける人物の例として出てくるのだから。いや、筋金入りの女好きで、愛人の名前まで知られているような人物も入れておきたまえ。こうすれば、我々は暗号でメッセージを送ったことになる。わかる人にはわかる。その気になれば、我々にはもっと書けるのだということも、気づく人は気づくわけだ」

マイアは愕然としていた。それは目に見えて明らかだった。が、みなはこの話に沸き立っていた。ルチディのことだから毒の効いた記事になるはずだった。

マイアはみなよりひと足先に退社した。私には、ごめんなさい、きょうはひとりになりたい、スティルノックスでも飲んで寝るわ、とでも言うような合図を送ってきた。それで私はブラッガドーチョに捕まったのだった。彼は歩きながら例の話を続けたが、気づくとあのバニェーラ通りにきていた。あたかも、この場の陰鬱さこそ、死人をめぐる彼の話にふさわしいものであるかのように。

「聞いてくれ。実は、おれの仮説とは相容れないような出来事がいろいろ出てきているんだが、おそらく矛盾はないと思うんだ。まず、ムッソリーニだが、臓物の塊のようにされたあと、適当に縫い合わされ、クラレッタやその他もろもろとムゾッコの墓地に葬られた。無名の墓だ。ファシズムを懐かしむ連中が巡礼に行ったりすることのないように。それは、本物のムッソリーニを逃走させた人間の望みでもあったはずだ。つまり、ムッソリーニの死について、世の中があまり騒ぎ立てたりしないことだ。もちろん、隠れ潜む赤髭王のような神話は生まれようもなかった。ヒトラーの場合はそれも可能だった。死体がどこへ行ったのか、果たしてほんとうに死んだのかすら、わからなかったのだから。ともあれ、ムッソリーニは死んだのだと認めるとしても（パルチザンは、解放の決定的瞬間のようにロレート広場でのことを祝い続けるわけだが)、いつの日か死人が姿を現すということに(モドゥーニョのカンツォーネにあるように『前のように、前以上に』だな)、備える必要がある。継ぎ当てだらけのボロを蘇らせるわけにはいかない。が、ここで、あのはた迷惑なレッチージが登場する」

「聞いたことがあるな。ドゥーチェの遺体を盗み出した男だね」

「その通り。二十六歳の若僧。理想ばかりで理念はゼロの、サロ共和国の最後の熱き残党だ。憧れのドゥーチェにきちんと識別できる墓所をつくろう、少なくともネオファシズムの復活をスキャンダラスに知らしめようというわけだ。自分と同じいかれた連中を集めて仲間を組み、一九四六年四月、夜中に墓地に侵入。わずかばかりの夜間警備員はぐっすり眠っていて、一団はまっすぐ目的の埋葬地へ行く。誰かからこっそり場所を聞き知っていたのは明らかだ。棺に入れられたときにも増してぼろぼろになった体を地中から掘りだし(もう一年が経っていたんだ、どんな状態だったかはきみの想像にまかせるよ)、ひっそりコソコソと運び出す。墓地の道のそこここに腐敗した有機物のかけらやら、二本の指骨までもばらまいて。いかにしっちゃかめっちゃかな連中だったかってことだ」

　もしもブラッガドーチョ自身、この鼻もひん曲がるような遺骸の移転に加わることができたなら、うっとり陶酔したのではないかと思った。やつの死体嗜好からすると、どんなこともあり得そうだった。私は黙って話を聞き続けた。

「衝撃、と新聞の大見出し。警察・カラビニエーリがあちらこちらで必死になるも、百日間経っても遺骸のかけらも見つからない。悪臭放つ死体だから、通る道という道に臭いを残していそうなものなのに。ともあれ、盗難の数日後にマウロ・ラーナという仲間のひとりが捕まる。それから、ひとり、またひとりと共犯者が見つかって、ついに七月末にドメニコ・レッチージが捕らえられる。それでわかったのが、死体はしばらくの間、ヴァルテッリーナにあるラーナの家のひとつに隠されていて、それから五月にミラノのフランシスコ会のサンタンジェロ修道院長、ズッカ神父に渡され、神父が遺骸を教会の側廊に埋め込んだということ。ズッカ神父とその協力者パリーニ神父の話はまた別の問題だ。ネオファシストらと偽札や麻薬の取引にかかわっていた、善良にして反動的な町ミラノの司祭と見る者もいる。一方で、キリスト者としての義務を逃れることなどできなかった、心やさしい修道士と見る者もいる。『葬られし者に許しを』*だ。ともあれ、これもおれにはどうでもいいことだ。おれの気を引くのは、政府が配慮して、シュスター枢機卿の同意のもと、チェッロ・マッジョーレのカプチン会修道院の礼拝所に遺骸を埋葬させたこと。そして、一九四六年から一九五七年まで十一年もの間、遺骸をそこに葬ったまま秘密を外に知られることはなかった。ここが、この問題の肝心な点なんだよ。愚かにもレッチージは偽者の死体を引っぱりだしそうになった。あの状態では本格的に死体を検査できはしないとはいえ、ムッソリーニ事件をなんとか締めくくろうとする者には、すべてを黙らせたほうがよかった。ことを鎮め、世の中がそのことについてできる限り話さないようにする。ところが、だ。レッチージは二十一か月間を刑務所で過ごしたあと国会議員としてキャリアを積み、ネオファシストの票のおかげもあって政権を得たアドーネ・ゾーリが首相になると、そのお返しに、遺骸を遺族のもとに返し、生地のプレダッピオに埋葬することを許される。今も、昔ながらの懐古主義の連中や新たな狂信者たち、黒シャツを着込んでローマ式敬礼をする輩が集まる、一種の聖地だ。おれの考えでは、ゾーリは本物のムッソリーニの存在を知らされていなかった。だから、偽者を崇拝することに何の問題もなかった。わからない、もしかしたら違うのかもしれないが、しかし、偽者の件はネオファシストの関与しないことだったと思うんだ。もっと強力な者の手の中にあったのだと思う」

「でも、ムッソリーニ一家はどういう役割をもったんだ？　ドゥーチェが生きている

＊ウェルギリウス『アエネーイス』、第三巻四一。

ことを知らないのか（が、そんなことはあり得ないと思う）、偽の遺骸を一家に受け入れることにしたのか」

「ああ、ムッソリーニ家がどういう状態だったのか、おれにはまだわからないんだ。一家の夫が、父親が、どこかで生きていることを知っていたんじゃないかと思う。もしもバチカンに隠れていたとしたら、会いに行くのは難しい。ムッソリーニ家の誰かがバチカンに行くなんて、気づかれないわけがない。アルゼンチンのほうがいい。手がかり？　たとえば、息子のヴィットリオ・ムッソリーニだ。アルゼンチンが追放を免れ、映画の脚本家になって、戦後長い年月をアルゼンチンですごした。アルゼンチンだ、わかるか？　父親のそばにいるためか？　わからないが、だが、どうしてアルゼンチンなんだ？　それに、ロマーノ・ムッソリーニが他の人物らと一緒に、チャンピーノ空港でブエノス・アイレスに発つヴィットリオを見送る写真がある。戦前、アメリカ合衆国まで行ったこともある兄の旅立ちを、なぜこうも重要視する？　で、ロマーノ自身は？　戦後、ジャズ・ピアニストとして有名になり、外国でもコンサートをするようになる。むろん、歴史はロマーノのアーティストとしての旅行になど見向きもしないが、彼だってアルゼンチンを通ったのではないか？　妻のラケーレは？　自由に動けたから、誰も旅行を阻止することなどできなかったはずだ。目立たないように、パリかジュネーヴへ行き、そこからブエノス・アイレスへ行ったかもしれない。誰にわかる？　レッチージとゾーリとが、さっき言った面倒を起こして遺骸の残り物をもってきたとき、それは別人の遺骸だとも言えないし、顔では笑って受け取るしかない。本物のドゥーチェの帰還を待って、かつての体制を懐かしむ連中の間でファシズム願望を熱く保つ役に立つ。ともあれ、ムッソリーニ家のことはおれには興味ない。ここからおれの調査の第二部がはじまるのだから」

「どうなるんだ？」

「もう夕食の時間はすぎたが、まだおれのモザイクにはいくつかの断片が欠けている。またそのうち話すよ」

　私にはわからなかった。ブラッガドーチョには通俗連載小説も書けそうな驚くべき才能があって、話を一回ごとにちょびちょびと語って聞かせ、毎回サスペンスの盛りあがったところで「つづく」となるのか、それともほんとうに今、話を少しずつ再構成しつつあるところなのか。ともあれ、食い下がる場合でもなかった。悪臭放つ残骸が行ったり来たりする話に、私も吐き気がしてきた。家に帰り、私もスティルノックスを一錠飲んだ。

15

五月二十八日　木曜日

「0-2号には、誠実さについての社説を考える必要がある」その朝、シメイはこう言った。「今ではどの政党も腐敗しきって、賄賂を奪い合っていたことが明らかになった。その気になれば、我々には反政党のキャンペーンを張ることもできるのだとわからせるのだ。誠実な人間の政党、これまでとは違う政治を語ることのできる市民の政党を考えるべきだ」

「慎重にいきましょうよ」私は言った。「それは、『平凡な人』運動*の立場じゃありませんか?」

「『平凡な人』は、当時、非常に強力で抜け目のなかったキリスト教民主党に飲み込まれ、去勢された。ところが、今日のキリスト教民主党はもはやグラグラだ。雄々しき時代はすぎ去り、今ではただの臆病者の集まりだ。それに、今の読者はもう『平凡な人』が何だかも知らない。四十五年も前のことだ」シメイは言った。「我々の読者は十年前に起こったことだって憶えていない。ある有力日刊紙のレジスタンス運動を称揚する最近の記事に、二枚の写真があった。一枚はパルチザンを乗せたトラック、もう一枚はローマ式敬礼をする一団の写真で、ファシスト党の制服を着ている。それが、ファシスト行動隊員とされているんだ、まったく……。行動隊というのは一九二〇年代のものだし、党の制服を着て歩きまわったりなどしなかった。写真にあるのは一九三〇年代から一九四〇年代初めにかけてのファシスト軍だよ。私ぐらいの歳の時代の証人なら簡単にわかることだ。年寄りの時代の証人ばかりを編集部に雇えとは言わないが、私は、ラ・マルモラが創設した狙撃隊とバーヴァ・ベッカリスの軍隊を制服ではっきり見分けることができる。私が生まれたときには、このどちらももう死んでいたけれどね。我々の同業者たちでさえ、記憶は弱いのだ。読者は『平凡な人』のことなど憶えていないよ。とにかく、私の考えに話を戻そう。誠実な人々の新しい政党は、多くの人を不安にさせるだろう」

「『誠実者同盟』」マイアが微笑んで言った。「ジョヴァンニ・モスカの昔の小説のタ

＊『平凡な人』は一九四〇年代半ばの風刺的な雑誌。創立者兼編集長のグリエルモ・ジャンニーニを中心に政党に発展。既成の政治に対するふつうの市民の不満の声を反映させた。

イトルです。戦中の作品だけれど、今でもきっとおもしろく読めるでしょう。善良な人々の神聖なる団結の話。不誠実な人たちの中に潜入して、彼らの悪行を暴き、あるいは誠実な人に改心させなければならない。ただ、不誠実な人たちに受け入れられるために、同盟のメンバーは不誠実な行動をとらなければならない。あとは想像におまかせします。誠実者同盟はだんだん不誠実者同盟になっていくの」

「お嬢さん、それは文学でしょう」シメイは言った。「それにこのモスカのことなど、今一体誰が知っていると思いますか。あなたは本を読みすぎる。モスカのことは放っておこう。私の考えに嫌気がさすなら、何もあなたがやる必要はないのですよ。ドットール・コロンナ、手伝ってくれるね、強烈な社説が要る。強烈で完璧な」

「いいでしょう」私は言った。「誠実さへの訴えはいつだって受ける」

「不誠実な誠実者同盟」ブラッガドーチョがマイアを見ながらにんまりして言った。まったく、このふたりの相性は最悪だった。それにしても、この華奢な物知り博士がシメイのニワトリ小屋に閉じ込められているのが残念でならなかった。が、今現在、彼女を自由にしてやるために私にできることなどなさそうだった。彼女の問題が私の(あるいは彼女自身にとっても?)最も重要な気がかりになりつつあり、そして私はその他のすべてのことについて、興味を失いかけていた。

昼食時、パニーノでも食べようと階下のバールに向かいながら、こう彼女に言った。「なにもかもご破算にしようか？　この猿芝居を告発してシメイその他もろもろの仮面を剝がそうか？」

「誰に告発するわけ？」マイアは言った。「まず第一に、私のためにあなたまで身を滅ぼさないこと。第二に、このことを話しにいこうにも、どの新聞も大同小異なんでしょ。私も少しずつわかってきたわ。互いに互いを防御するんだわ……」

「きみまでブラッガドーチョみたいなこと言うなよ、どこにでも隠れた陰謀を見つける。ともあれ、すまない。おれがこんなことを言うのも……」私はどう言えばいいのかわからなかった。「思うに、きみのことが好きなんだ」

「あなたがそんなこと言うの、これがはじめてだって知っている？」

「からかうなよ。おれたち、同じこと考えているんじゃなかったのか？」

でも、それはほんとうだった。もう三十年も、こういうことは口にしていなかった。五月だった。三十年を経てようやく、春の訪れを骨身に感じていた。

どうして私は骨のことなど考えたのだろう？　ちょうどその日の午後、ブラッガドーチョがヴェルツィエーレ地区の骸骨寺、サン・ベルナルディーノ・アッレ・オッサ教会の前で会おうと言ってきたからだろう。サント・ステファノ広場の隅の小さな道沿いにある。

「いい教会だ」中に入りながら、ブラッガドーチョは言った。「中世からここにあったんだが、崩れたり、火災にあったり、その他もろもろの災難を経て、今のように再建されたのは十八世紀になってからだ。もともとは、この近くにあったハンセン病患者墓地の骨を集めるためにつくられたんだ」

そんなことだろうと思った。これ以上掘り起こせないムッソリーニの遺骸の次は骨。またも死体とつきあわされるのか。案の定、私たちは廊下を通って納骨所に入った。最前列のベンチにすわり、両手で頭を抱えて祈る老女がひとりいるきりで、がらんとしていた。付け柱と付け柱の間に高く伸びるニッチに、頭蓋骨がいっぱいに詰まっていた。骨の箱、頭蓋骨が十字架状に並べられ、白っぽい小石のモザイクに組み込まれている。これらの石も骨だった。おそらくは、脊柱《せきちゅう》の断片、関節、鎖骨、胸骨、肩甲骨、尾骨、手根骨、中手骨、膝蓋骨、足根骨、距骨……だろうか。そこいら中に骨の建造物が高くそびえ、目を上へと、ティエポロふうの絵画のあるアーチ形天井へと誘う。天井は明るく華やかで、バラ色のクリームのような雲がばらまかれた中を天使や祝福された魂が漂っていた。閉ざされた古い扉の上部の棚に、まるで薬局の戸棚に並ぶ磁器の薬瓶のように、眼窩がぽっかり空いた頭蓋骨がきれいに並んでいた。拝観者の目の高さにあるニッチには、指を突っ込める目の粗い網に守られて骨や頭蓋骨が並んでいるが、何世紀もの間、信心深い、あるいは死体に惹かれる手の接触に磨かれて、ローマの聖ペテロ像の足のように、つるつるになって光沢を放っている。ざっと見たところ、頭蓋骨は少なくとも千はあった。小さな骨は数えることなど不可能だった。付け柱の上には、頸骨で形づくったキリストのモノグラムが際立って見えた。まるで海賊旗からとってきたような頸骨だ、カリブ海を震慄《しんりつ》させたトルトゥーガ島の海賊たちの。

「ハンセン病患者たちの骨ばかりではないんだよ」これほど美しい物はこの世にない、というような口調でブラッガドーチョが言った。「近郊の埋葬地からきた骸骨もある。死刑囚の死体とか、ブローロ病院の患者の遺骸、牢獄で死んだ囚人の遺体、斬首刑囚、たぶん死に場を求めて教会にきた泥棒や追いはぎなども。平穏にくたばれる場所なんてなかったからね。ヴェルツィエーレはとても評判の悪い地区だったんだ……。滑稽だよ、あのばあさんは、神聖なる聖遺物に囲まれた聖人の埋葬地でもあるかのようにここで祈っているが、実際は盗賊、追いはぎなどの悪党たちの骸骨なんだ。ともあれ、昔の修道士たちは、ムッソリーニの遺骸の埋葬者や発掘者たちよりも慈悲深かった。どこか皮肉なところもあるけれど、細心の注意、芸術への愛をもって、まるでビザンチンのモザイクのように、この骸骨の山を並べた。ばあさんは、この死の像に魅せられているんだ、聖像だと勘違いして。どこだったか、もうおれも見分けられなくなってしまったが、この聖壇の下に小さな女の子のミイラのようになった小さな体が見えるはずだ。万霊節の夜に他の骸骨たちと外に出てきて死の舞踏を踊るんだって言われているよ」

女の子がガリガリの友人たちと手に手をとって、バニェーラ通りに繰り出す姿を想像してしまったが、言葉を返すのはやめておいた。同じぐらいぞっとする納骨所といえば、ローマのカプチン会の教会を見たことがあった。そして、凄まじく不気味なパレルモのカタコンベ。全身がミイラ化し、ぼろぼろになった修道服と威厳をまとったカプチン会士たち。が、ブラッガドーチョは明らかに、地元ミラノの骸骨で満足のようだった。

「ミイラ化のための地下室、プトゥリダリウムも残っている。大聖壇の前に地下に降りる階段がある。聖具室係に聞かないと、しかも機嫌がよくないと見学できない。修道士たちは、仲間の遺骸を石の椅子にすわらせて腐敗分解させる。体液が流れ出て遺骸は少しずつ水分を失い、きれいな骸骨ができ上がる。歯磨き粉のコマーシャルに出てくる歯のようなピカピカの骸骨だ。数日前のことだが、レッチージが盗んだムッソリーニの遺骸を隠すのに、ここそ理想の場所じゃないかと思ったんだ。あいにくおれは小説を書いているわけじゃない。歴史的事実を再構成している。ドゥーチェの遺骸が移されたのが別の場所であったことは歴史的事実だ。残念だが。最近ここによくきたのは、遺骸についていろいろといいアイディアを閃かせてくれたからだ。人によっては、ドロミーティの山々を眺め、あるいはマッジョーレ湖の景色を見てインスピレーションを得るのだろうが、おれはここでヒントを得る。死体安置所の番人にでもなるんだったな。不幸な死に方をした祖父の記憶のせいかな。安らかに眠れ」

「でも、全体どうして、よりによっておれを、ここに連れてきたんだ？」

「とくに理由はないさ。おれの体の中でふつふつ沸き立っているものを、誰かには話さなければならない。でないと、気が変になりそうだ。自分だけが真実をつかんだのだと思うと、頭がくらくらする。ここにはいつも人っ子ひとりいない。何もわからない外国人観光客がときどきくる程度だ。つまり、おれはついにステイ・ビハインドにたどりついたんだ」

「ステイ……何だって？」

「憶えているか？　生きている本物のドゥーチェをどうするかという問題が残っていると話したね。アルゼンチンやバチカンに放っておいても、そのうち朽ち果て、偽者と同じ最期を見ることになる。さあ、ドゥーチェをどうするか？」

「どうするんだ？」

「連合国あるいは連合国側の人間は、ムッソリーニを生かしておきたかった。適切なときに引っぱりだして、共産主義革命ないしソビエトの攻撃に対抗させるために。第二次世界大戦中、イギリスは、枢軸国に占領された諸国におけるレジスタンス運動の活動をコーディネートした。英国諜報部の一部門、特殊作戦執行部の指揮する組織網を通じて行われたことだ。特殊作戦執行部は大戦終結後に解散したが、一九五〇年代の初めになって、ヨーロッパ諸国へのソ連赤軍の侵略あるいは当事国の共産主義クーデターに対抗するための新組織の中核として、再び活動に入った。こうして、ヨーロッパの連合軍最高司令部の調整のもと、ベルギー、イギリス、フランス、西ドイツ、オランダ、ルクセンブルク、デンマーク、ノルウェーに『ステイ・ビハインド』（つまり、後ろに控える、ということだ）が生まれる。極秘の準軍隊組織だ。イタリアでは一九四九年からそういう動きがあり、一九五九年にイタリア諜報部が計画調整委員会に参加、一九六四年ついに、ＣＩＡの資金により『グラディオ』なる組織が正式に生まれる。グラディオと聞けば一定のイメージが湧くはずだ。古代ローマ兵士の短刀。だから、グラディオと言えば、ファッショ・リットリオ*などと言うのと同じようなもの。退役軍人や冒険好き、ファシズムを懐かしむ連中の気を引く名前だ。戦争は終わったものの、雄々しき日々やファシズム讃歌にあるような『両手に爆弾、口元に一輪の花』の突撃、機関銃掃射の思い出を煮えたぎらせる人間はまだ大勢いた。たとえば、かつてのサロ共和国支持者。あるいは、コサック人たちが押し寄せてきてサン・ピエトロ大聖堂の聖水盤で連れてきた馬に水を飲ませたりするのではないかと恐れおののく、六十歳を超えたカトリックの理想主義者たち。あるいは、今はなき王国の狂信的支持者など。エドガルド・ソーニョが関係していたという者もいる。ソーニョはピエモンテ地方のパルチザン旅団の長だった英雄だ。が、骨の髄まで君主制支持で、つまりは失われた世界の礼賛者だったわけだ。徴募に応じた者たちはサルデーニャの訓練場に送られ、いろいろなことを学んだ（あるいは、記憶を新たにした）。橋に地雷を敷設する、機関銃の操作、歯に短刀を挟んで敵を夜間襲撃する、サボタージュ、ゲリラ戦……」

＊古代ローマの公的権力の表徴の「権標」。ファシズムのシンボルとなった。

「だが、退役大佐とか、病気がちの准尉、萎《な》えた計理士とかだろう？『戦場にかける橋』みたいに橋脚や鉄塔によじ登るところなど、とても想像できない」

「ああ、だが、暴力に飢える若いネオファシストや怒りに満ちたノンポリもあちらこちらにいた」

「二年ぐらい前に、何か読んだような気がする」

「もちろんさ。グラディオ組織は、戦争終結後、諜報部と軍の上層部だけが知る極秘中の極秘で、歴代の内閣総理大臣、防衛大臣、共和国大統領のみに伝えられてきた。そして、ソビエト連邦の崩壊とともに実質上すべての機能を失った。それに、おそらく維持費があまりに高かったのだろう。一九九〇年にコッシーガ大統領が口を滑らせたことがある。同じ年に、総理大臣のアンドレオッティが公式に認めたよ、グラディオは存在したって。そんなに騒ぐことではない、必要だっただけだ、もうすべて終わったことだ、とやかく言う必要はないってね。それで、誰も騒ぎ立てる者はいなかったし、みながそんなこと忘れてしまった。国会である程度の調査が行われたのはイタリア、ベルギー、スイスだけだったが、ジョージ・H・W・ブッシュ大統領はコメントを出すことを拒否した。湾岸戦争準備の最中で、北大西洋条約機構の評判を落としたくなかったからね。このことについてはステイ・ビハインドに加盟したすべての国で沈黙させられ、予想外のことがいくつか起こりはしたが、どれも大したことではなかった。フランスでは、ステイ・ビハインドのメンバーによって悪名高いOAS、秘密軍事組織がつくられたことは前から知られていたが、アルジェでのクーデターに失敗し、その後はド・ゴール大統領がその反体制者たちを鎮圧した。ドイツでは、一九八〇年にミュンヘンのオクトーバーフェストで爆発事件があったが、その爆弾はドイツのステイ・ビハインドの隠れ家からもちだされた爆薬でつくられたことが知られている。ギリシャでは、ステイ・ビハインドの軍組織であるギリシャ奇襲隊が、一九六七年のギリシャ軍将校らによるクーデターを動かし、ポルトガルの場合は、アジンター・プレスなる謎の組織がモザンビーク解放戦線の指導者エドゥアルド・モンドラーネ暗殺の裏にあった。スペインでは、フランコ総統の死から一年後の一九七六年、ふたりのカルリスタ党員が極右テロリストに殺害され、その翌年、ステイ・ビハインドはマドリードで共産党と関係をもつ弁護士事務所で虐殺事件を起こしている。スイスではつい二年ほど前に、当地のステイ・ビハインド元司令官アルボート大佐が、防衛省への内密の手紙で『すべての真実』を明かす用意があると明言し、そのあと自宅で自身の銃剣で刺殺された姿で発見された。トルコでステイ・ビハインドと結びついているのは『灰色の狼』。法王ヨハネ・パウロ二世の暗殺未遂事件にも関係していた極右武装組織だ。まだまだ例はあげられる。これはおれのメモのほんの一部にすぎないが、どれも小さな事件だ。そここで殺人があり、ちょっとニュースになって、そしてすっかり忘れ去られる。問題は、新聞というのはニュースを広めるためではなく、包み隠すためにあるということだ。Xという事件が起こる。伝えないわけにはいかないが、そのおかげで当惑する人間があまりに大勢いる。そこで、同じ号に、ぎょっとするような別の大見出し記事を載せるんだよ、母親が四人の子どもを惨殺、国民の貯蓄が無に帰する恐れ、ニーノ・ビクショを侮辱するガリバルディの書簡発見、等々。すると、Xという事件も情報の大海におぼれてしまうわけだ。ともあれ、おれにとって興味があるのは、グラディオが一九六〇年代から一九九〇年にかけてイタリアでやったことだ。ありとあらゆることをしでかしたことだろうよ。極右テロ運動にも関係しただろうし、一九六九年のフォンターナ広場爆破事件にもかかわったはずだ。一九六八年の学生運動、そして労働運動の『熱い秋』という時代だ。テロ事件をかき立てても、その責任は左翼のせいにすることができるとわかったやつがいるのだろう。それに、悪名高いリチオ・ジェッリのロッジP2も鼻を突っ込んだという。しかし、ソ連と戦うはずだった組織が、なぜテロ襲撃ばかりするのか？　そして、おれはユニオ・ヴァレリオ・ボルゲーゼ公の話の全貌を再発見することになったのだ」

　ブラッガドーチョの話で、かつて新聞で読んだ多くのことを思い出していた。たしかに一九六〇年代には軍によるクーデターのことが長く話題に上り、「サーベルの音」などという表現が聞かれた。デ・ロレンツォ将軍が（実行にこそ移さなかったが）クーデターを切望したという噂もあった。そして今、ブラッガドーチョの話で記憶に蘇ったのは森林警備隊クーデターと呼ばれる事件だ。それはかなり異様な事件で、たしか風刺的な映画にもなったような憶えがある。ユニオ・ヴァレリオ・ボルゲーゼ、またの名を「黒いプリンス」。潜水部隊「デチマ・マス」を指揮したことで知られる。勇気もあり、筋金入りのファシストと言われていた。むろん、サロのイタリア社会共和国に参加、一九四五年にファシストがいとも簡単に銃殺されていたときに、どうして彼がそれを免れることができたのかは謎だった。そして不思議と彼は、機関銃を肩にベレー帽を斜めにかぶり、あの部隊特有の足元のふくらんだズボン、クルーネックのセーターという出で立ちの、純然たる戦士としてのオーラを保ち続けたのだ。たとえ、その顔立ちにはとくに特徴もなく、サラリーマン姿で歩いていたら、道で彼を見かけても気にとめる人もなかっただろうが。

　さて、一九七〇年、ボルゲーゼ公はクーデターを起こすべきときがきたと判断した。ブラッガドーチョの想像では、ムッソリーニを亡命地から帰国させるにあたって、彼もじきに八十七歳になることを考慮しなければならなかった。一九四五年にすでに衰えが見えていたドゥーチェだ、これ以上待てなかったのだと。

「ときに胸にぐっとくるよ」ブラッガドーチョが言った。「あの気の毒な男のことを思うと。考えてもみろよ、亡命先がアルゼンチンだとしたら、まあ、しかたない、胃潰瘍ではご当地の巨大ステーキも食べられなかっただろうが、少なくとも、果てしなく広がる大草原《パンパス》を眺めることができた（まあ、二十五年間眺め続けるというのもえらい話だが）。だが、バチカンにいたのだとしたら、気の毒な話だ。できることと言えば、せいぜい庭の一部の夜間散歩ぐらいで、うっすら口ひげの生える修道女の給仕する野菜スープをすする毎日。イタリアを失い、愛人も失い、子どもたちを再び抱きしめることもできず、おそらく頭もダメになりはじめていた。毎日ソファーにすわって過去の栄光を思い、外の世界で何が起こっているかは白黒テレビで知るのみ。歳で耄《もう》碌《ろく》してはいても、梅毒のために興奮した頭は、ローマのヴェネツィア宮殿のバルコニーで受けた大喝采を思い、上半身裸で麦の脱穀をした夏を思う。子どもたちにブチブチとキスをし、一方、熱狂した母親たちのほうは、よだれで濡れたキスを手にしてくる。あるいは、地球儀の間での午後に思いを馳せる。従者のナヴァッラが燃え上がるご婦人たちを室内に招き入れる。乗馬服ふうのズボンのボタンを外しただけで、女性を机の上にうつぶせに倒し、あっという間に種をまく。そして女性たちのほうは、盛りのついた雌犬のようなうなり声をあげて囁く、私のドゥーチェ、私のドゥーチェ……と。こう、よだれを垂らして、もはや萎えたままの息子を手に思い出にふけっているが、彼の頭にはしきりに復活は近い、と繰り返す者がいる。ヒトラーについての笑い話を思い出すよ。彼もアルゼンチンに亡命中で、ネオナチは彼を表舞台に戻らせて世界を征服したいと考えている。ところがヒトラーはぐずぐずと躊躇《ちゅうちょ》するんだ。彼も歳だからね。が、とうとう決意して言うんだよ。『よし、やろう。だが、今度はこちらが悪役だ、そうだろう?』って」

「つまるところ」ブラッガドーチョは続けた。「一九七〇年にはクーデターは成功すると思わせる材料がそろっていたんだ。諜報部のトップにはミチェーリ将軍。彼もロッジP2のメンバーで、それから数年後にはファシスト党の系譜につながる『イタリア社会運動』所属の下院議員になった。しかも、だ。ボルゲーゼ事件に関連して疑惑をもたれ調査されたものの、うまくかわして平穏のうちに二年前に死んだ。確実な情報源から知ったことだが、ボルゲーゼ公のクーデター事件の二年後、ミチェーリはまだアメリカ大使館から八〇万ドルを受け取っている。なぜ、何のためなのかはわからない。ボルゲーゼにはつまり、首脳部の強いコネがあった。さらに、グラディオ、スペイン内戦のかつてのファランジストたち、フリーメーソン関係のサポートが得られたわけだ。マフィアが関係していたという話もある。きみも知っているように、マフィアはいつだって関係しているからね。そしてその陰には、例のリチオ・ジェッリがいて、ただでさえフリーメーソンだらけの軍上層部やカラビニエーリを煽動する。リチオ・ジェッリの話をよく聞いてほしい。おれの仮説にとって基本的なところだからね。本人も一度も否定したことがないが、ジェッリはスペイン内戦で戦い、イタリア社会共和国に参加し、ナチス親衛隊との連絡担当士官として働いた。が、同時にパルチザンともコンタクトをとっており、戦後はCIAと関係した。こういう人物だから、グラディオにかかわっていないはずがない。聞いてくれ、一九四二年七月のことだ。ファシスト党の調査官として、ユーゴスラヴィア王ペータル二世の財宝をイタリアに輸送する任務がジェッリに託された。陸軍情報部SIMが徴発した金の延べ棒六〇トン、古貨幣二トン、そして現金六〇〇万ドルと二〇〇万ポンドだ。これは一九四七年にようやく返還されたが、金の延べ棒二〇トンが足りず、ジェッリがアルゼンチンに移したのだと言われた。わかるか？　アルゼンチンだ。アルゼンチンではジェッリはペロンと友好的な関係にある。が、それだけでは不十分だ。ビデラらの将軍たちともコンタクトがあり、アルゼンチンからは外交官パスポートを受け取っている。で、アルゼンチンでいろいろなことに関与しているのは誰だ？　ジェッリの右腕ウンベルト・オルトラーニ。しかも、彼がジェッリとマルチンクス大司教を結びつける。ということは？　つまり、すべてがアルゼンチンに結びつくわけさ。ドゥーチェのいる、そして彼の帰還を準備している場所だ。もちろん金がいるし、組織力、現地のサポートだって必要だ。だからこそ、ジェッリはボルゲーゼの計画にとって重要なんだ」

「たしかに、そういうふうに言われると説得力があるようだが……」

「説得力ならある。とはいえ、ボルゲーゼがつくりあげたのが、寄せ集めのボロ軍団だったことに変わりはない。昔を懐かしむファシストの爺さんたち（ボルゲーゼ自身六十歳を超えていた）もいれば、国家機構の人物もいる。森林警備隊からなる部隊もあった。どうしてよりによって森林警備隊なのかは聞かないでくれ。戦後の森林破壊のせいであまりやることがなかったのかもしれない。ともあれ、寄せ集めとはいえ、危険な事態を招くことは可能だった。のちの裁判文書からわかるのは、リチオ・ジェッリが共和国大統領を（ときの大統領はジュゼッペ・サラガトだった）捕らえることになっていたこと、クーデターによって捕らえられた人々をリーパリ諸島に輸送するため、チヴィタヴェッキアのある船主が自身の所有する商船団を提供することになっていたこと。そして、この作戦には驚くべき人物が加わっていた！　ドイツ軍人オットー・スコルツェニーだよ、一九四三年にグラン・サッソからムッソリーニを救出した！　いまだ自由の身だったんだ。彼もまた、戦後の激しい放逐から無事でいられたのだ。CIAと関係があり、アメリカ合衆国がクーデターに異議を唱えないことを保証する役割だった。政権の座につくのが『中道－民主』の軍政府でありさえすれば、だが。なんたる偽善。が、その後の調査がはっきり浮き上がらせなかったのは、スコルツェニーが明らかにムッソリーニと接触を保っていたということだ。ムッソリーニは彼には多大な恩がある。おそらく、クーデター参加者の求めるムッソリーニの英雄的なイメージを提供するために、ドゥーチェの亡命地からの帰還を手がけることになっていたのではないか。つまり、クーデターの成否はムッソリーニの凱旋帰国にすべてがかかっていたわけだ。いいか、よく聞いてくれ。クーデターは一九六九年から周到に計画されていた。そう、フォンターナ広場爆破事件の年だ。すべての疑惑を左翼に向けさせ、世論が秩序の回復を求めるように心理的に仕向けるためだったに違いない。ボルゲーゼ公の計画では、内務省、国防省、イタリア放送協会ＲＡＩの放送局ならびに通信手段（ラジオ、電話）を占拠し、国会内にいる反対者を追放する。これはおれの想像ではない。ボルゲーゼがラジオで読み上げる予定だった宣言書が発見されたんだ。およそこんな内容だ。ついに待ち望んだ政治転換のときがきた。二十五年もの間この国を治めた支配層はイタリアを経済的・倫理的荒廃へと導いた。軍・警察は政権奪取者の側にある。イタリア国民よ（こうボルゲーゼは締めくくるはずだった）、諸君らの手に栄光の三色旗を再び手渡す今、我らが迸《ほとばし》る愛情の讃歌を叫ぼうではないか。ヴィヴァ、イタリア。典型的なムッソリーニ流レトリックだ」

十二月七日と八日の間に（ブラッガドーチョは話し続け、私も自分の記憶をたどっていた）、数百人の体制反逆者たちがローマに集まり、武器・弾丸を配りはじめた。ふたりの将軍が国防省に配され、武装した森林警備隊の一団がRAIのテレビ放送局付近に潜んだ。ミラノでは、イタリア有数の工業地帯で伝統的に共産党の拠点であるセスト・サン・ジョヴァンニの占拠を準備していた。

「ところが突然、何が起こったか。計画はすべて成功するかに見え、陰謀者らはほぼローマを手中に収めたと言えるのに、ボルゲーゼはみなに作戦は中止だと伝える。のちには、国家組織に属する忠実な人々が陰謀に反対していたと言われた。が、もしほんとうにそうだったら、制服の森林警備隊がローマの町中に溢れ出すのを待たず、どうしてその前日にボルゲーゼを逮捕しなかったのか？　いずれにせよ、この件はそそくさと片付けられ、陰謀者たちも無事にどこかへ消え去った。ボルゲーゼはスペインに逃げ、何人かのとんまが逮捕されたが、私立クリニックでの『拘禁』がみなに許された。入院中にミチェーリ将軍の見舞いを受けた者もいる。沈黙を守る代わり、保護を約束されたわけだ。国会による調査がいくつか行われたが、メディアはほとんど報道していない。世論がこの出来事をぼんやりながら知ったのは三か月後のことなんだ。何が起きたのかは知りたくもないが、おれの関心は、どうしてかくも入念に計画されたクーデターがほんの数時間の間に取り消しになったのかということだ。真剣な企てを茶番にしてしまったのはなぜなのか」

「きみに聞きたいよ」

「これがなぜかを考えたのはどうもおれひとりらしい。その答えを見つけたのがおれだけであることはたしかだよ。火を見るより明らかなことなのに。まさにその晩ムッソリーニが、おそらくはすでにイタリアの領土に入っていていつでも姿を見せられる用意の整っていたムッソリーニが、急死したんだ。あちらへこちらへと小包のように移動させられたこともあったし、歳を考えればあり得ることだ。クーデターが中止されたのは、カリスマ的な象徴が突如消えたからだ。今度はほんとうに。死んだとされたときから二十五年を経て」

ブラッガドーチョの目は輝いていた。私たちを取り巻く骸骨たちがインスピレーシヨンをくれるという彼の理論に光を与えるかのごとく。その手は震え、唇は白っぽいつばきで覆われていた。私の肩をつかむと、言った。「わかるか、コロンナ、これがおれの再構成した事実なんだ！」

「が、たしか裁判も行われた記憶がある……」

「悪ふざけみたいなものさ。すべてを覆い隠すためにアンドレオッティが協力し、結局刑務所に入れられたのはさして重要ではない人物ばかりだ。つまり、我々が知っていたことのすべてが偽りだった、あるいは歪められたものだったということだ。その後の二十年もの間、我々はずっとだまされていた。言っただろう、人の言うことを信じてはいけないのだ……」

「ここで、きみの話は終わる……」

「いや、ここからもうひとつの話がはじまるんだ。その後に起こったことが、ムッソリーニの死の直接の結果でないのなら、おれはかかずらう必要もないのだが。ドゥーチェがいなくなった今、グラディオには権力を手にすることも望めなくなった。ソ連の侵略の恐れもどうやら遠のきつつあった。緊張緩和が進められていたからね。ところが、グラディオは解散しない。むしろ、ムッソリーニの死後、本格的に活動しはじめる」

「どういうふうに？」

「もはや、政府を転覆して新政権を打ちたてるというわけではないから、グラディオは、イタリアの不安定化を狙うあらゆる秘密団体と結びつき、左派勢力の膨張を許しがたいものにしようとする。そして、すべて合法な手段を使って、新たな抑圧をつくりだそうと状況を整える。ボルゲーゼ公のクーデターの前には、フォンターナ広場爆破事件などの陰謀はほんの少ししかなかっただろう？　ところが、クーデターの年かちだ、極左テロ組織『赤い旅団』の形成がはじまるのは。そして、それに続く年月に次々と虐殺事件が起きた。一九七三年、ミラノ警察に爆弾、一九七四年、ブレーシャのロッジャ広場の虐殺事件、同年、ローマ発ミュンヘン行きの列車イタリクスで強力な爆弾が爆発、死者十二名、負傷者四十八名を出した。しかも、この列車には当時外務大臣だったアルド・モーロも乗るはずだった。ところが、外務省の役人が、緊急の書類に署名させるために土壇場でモーロを下車させた。その十年後、ナポリ発ミラノ行き特急列車にまたも爆弾だ。一九七八年のモーロ首相誘拐殺害事件は言うに及ばない。実際に何が起こったのか、いまだはっきりわからないのだ。それだけではない。一九七八年九月、ローマ法王に選出されてからひと月あまりで、アルビーノ・ルチャーニ、法王ヨハネ・パウロ一世が謎の死を遂げる。心臓発作あるいは脳梗塞だと言われたが、しかし、法王の部屋から身のまわり品がなくなっているのはなぜか。眼鏡、スリッパ、メモ、そして低血圧のために飲んでいたエチホールの瓶。どうしてこれらの品が掻き消えたようになくなってしまったのだ？　低血圧の人間に脳卒中が起ることなど考えにくいからか？　そのすぐあとに部屋に入った最初の重要人物がどうしてヴィヨ枢機卿だったのか。きみは、当然だと言うだろう、バチカンの国務長官だったのだから。が、ヤロップという著者の本があって、いろいろな事実を明かしているんだ。たとえば、聖職者のフリーメーソンなる陰のグループの存在に法王が注意を向けたことと。メンバーには、まさにそのヴィヨ、教皇庁で刊行される『オッセルヴァトーレ・ロマーノ』紙の副編集長でバチカン放送のディレクター、アゴスティーノ・カザローリ神父、そしてむろんのこと、どこにもその名が出てくるマルチンクス大司教がいた。宗教事業協会ＩＯＲ、つまりバチカン銀行で絶対的な権力をふるった人物だ。あとでわかったように、脱税やマネー・ロンダリングを助け、ロベルト・カルヴィやミケーレ・シンドーナなどの銀行家の怪しげな取引をカバーした。そのカルヴィもその後ロンドンのブラック・フライアーズ橋の下で首吊り死体となり、シンドーナは刑務所内で毒殺された。法王ルチャーニの机の上には週刊『イル・モンド』誌があり、バチカン銀行の取引をめぐる調査記事のページが開かれていた。ヤロップは、六人の人物を暗殺の容疑者としている。ヴィヨ、シカゴのジョン・コディ枢機卿、マルチンクス、シンドーナ、カルヴィ、そして例のごとくロッジP2のマスター、リチオ・ジェッリだ。これらのことはグラディオとは関係ないはずだと、きみは言うだろう。ところが、今あげた人物の多くは他のプロットともかかわっているし、バチカンはムッソリーニの救出・保護にも関係していた。ルチャーニはまさにこのことを発見したのかもしれない。ドゥーチェのほんとうの死から何年かが経っていたが、第二次世界大戦終結時からクーデターを用意していたあの組織を根こそぎにしたかったのだろう。付け加えれば、ルチャーニの死後、この一件は次の法王ヨハネ・パウロ二世の知るところとなったはずだ。が、その三年後、法王はトルコの『灰色の狼』から銃撃を受ける。さっき言っただろう、トルコのステイ・ビハインド加盟の組織だ……。その後、ヨハネ・パウロ二世は許しを与え、感動した銃撃犯は牢獄で罪をあがなう。ともあれ、法王は恐ろしくなって、もうあの件にはかかわらない。それに、法王にとってイタリアはあまり関心がなかったんだ。それより、第三世界のプロテスタント宗派との戦いのほうが心配だった。それで、やつらもヨハネ・パウロ二世のことは放っておいた。これだけの偶然の一致があれば、十分じゃないか？」

「でも、どこにでも陰謀を見ようというのはきみの癖じゃないのか？　その辺に生える草がみな束《ファッショ》に見えるんじゃないか？」

「おれの癖だって？　でも、すべて裁判文書に書いてあって、記録所でしっかり探しさえすれば見つかることだ。ただ、一般の人にはニュースとニュースの間にはさんで知らせている。ペテアーノの例を考えればいい。一九七二年五月、ゴリツィア近郊でカラビニエーリが通報を受ける。フロントガラスにふたつの銃弾の穴があるフィアット五〇〇が、とある道に放置されていると。三人のカラビニエーリが現場に到着し、車のボンネットを開けようとしたところ、爆発で殺される。しばらくの間は『赤い旅団』の仕業だと言われていたが、何年かして、ヴィンチェンツォ・ヴィンチグエッラという人物が出てくる。どういう人間かというと、別の不明瞭な事件のために逮捕されそうになったところを、スペインの国際反共ネットワーク、アジンター・プレスのもとに逃れ、また別の右翼テロリスト、ステファノ・デッレ・キアイエとのコンタクトを通じて極右組織『アヴァングアルディア・ナツィオナーレ』に参加する。それからチリ、アルゼンチンへと逃げるが、一九七八年に自分の国家に対する戦いは無意味だと、イタリアに戻って自首する。注意してくれ。後悔したのではないんだ。自分のしたことは正しかったと思っている。ではなぜ自首するのかって聞きたいところだろう？　おれが思うに、宣伝したいからだ。殺人犯は犯行の現場に戻り、連続殺人犯は警察に手がかりを送る。捕まりたいんだよ。捕まって一面に載りたいんだ。で、このヴィンチグエッラもこのときから、告白に次ぐ告白だ。ペテアーノの爆破事件を自分の犯行だとし、国家機構を窮地に陥れる。彼が言うには自分を守ってくれたというのだ。一九八四年になって判事のフェリーチェ・カッソンがペテアーノで使われた爆薬がグラディオの武器庫からきたことを発見する。そして、興味深いことに、武器庫の存在を明かしたのは誰かと言うと、当ててごらん、なんと、アンドレオッティなんだ。アンドレオッティは知りつつも口を開かなかったわけだ。警察のために仕事をしていた専門家（極右組織『オルディネ・ヌオヴォ』のメンバーだ）が行った鑑定では、『赤い旅団』の使う爆薬とまったく同じだという評価だったが、カッソンは、使用された爆薬はNATOの軍隊が装備するC－4だったことを証明した。つまりは、何ともややこしい話なんだが、NATOであれ『赤い旅団』であれ、グラディオがいつもかかわっている。ただし、調査は、『オルディネ・ヌオヴォ』がイタリア軍課報部SIDと協力したことも示した。わかるか、軍の諜報機関が三人のカラビニエーリを爆弾で吹っ飛ばしたとしたら、それは軍への憎悪のためであるはずはなく、極左の活動家たちにその罪を着せるためだ。手短に言うよ、調査、反対調査の末、ヴィンチグエッラは終身刑を言い渡され、刑務所の中から、緊張戦略について暴露をし続けている。

一九八〇年のボローニャ駅爆破事件（ほら、これらのテロ事件の間には接点があるんだ、おれの想像じゃない）の話もしている。一九六九年のフォンターナ広場爆破事件は、当時のマリアーノ・ルモール首相に緊急事態を宣言させるために計画されたものだとも言っている。さらに、こう言うんだ。読むよ。『資金なしに逃亡生活をするのは不可能だ。潜伏にはコネも必要だ。他の者たちのとった方法を私も選ぶことはできた。つまり、他のコネを見つけること。たとえばアルゼンチンの諜報機関などで。あるいは、犯罪世界に行ってもよかった。でも私は諜報機関の協力者になるのにも、犯罪者になるのにも向いていなかった。したがって、再び自由を得るために残された選択肢はただひとつ。自首をすることだ。それで、自首した』自己顕示欲の強い奇人の論理だが、この奇人は信憑性のある情報をもっている。おれの再構成した話はこうだ。死んだとされたムッソリーニの影は一九四五年から今日にいたるイタリアのすべての出来事に大きな影響を与えた。そして、ムッソリーニのほんとうの死に触発されて、この国の歴史にあって最もひどい時期が現出する。そこに巻き込まれたのは、ステイ・ビハインド、CIA、NATO、グラディオ、ロッジP2、マフィア、諜報部、軍上層部、アンドレオッティら大臣、コッシーガら大統領、そしてもちろん、潜入者が適宜に操作する極左テロ組織のほとんど。モーロ首相が誘拐され殺されたのも、彼が何かをつかんでいて話す恐れがあったからだ。それに、一見、政治的には何の重みもないような小さな犯罪の例を付け足したっていい……」

「ああ、サン・グレゴリオ通りの獣、石鹸づくり女、サラリア通りの魔物……」

「皮肉を言うなよ。戦後すぐの事件は違うだろうが、その後についてはひとつのつながったストーリーとしてみたほうが、よく言うように、経済的だと思うよ。つまり、ヴェネツィア宮殿のバルコニーから交通整理でもするようにポーズを決めていた、あのバーチャルな姿に操られたストーリーさ。たとえ、事件の裏にその影を見る者がなかったとしても。だがね……」こう言って彼は、私たちのまわりの静かなる人々を指差した。「骸骨はいつだって、夜中に外に出て、死の舞踏を踊ってみせることができるんだ。世の中には思いも及ばぬことがあるものなのだ、そうだろう? たしかに、ソ連の脅威がやんで、グラディオは公然と無用のものとされた。コッシーガ大統領にせよ、アンドレオッティ首相にせよ、その亡霊を遠ざけるために話したんだ。当局の同意のもとに起こったごくふつうのことだと言うわけだ。昔のカルボナーリ党のような、愛国者からなる一共同体だと。だが、ほんとうにすべて終わったのか。あるいは、しぶといグループがまだ陰で暗躍しているのではないか。まだこれからも、いろいろあるんじゃないかと思うよ」

ブラッガドーチョはここで額に皺を寄せてあたりを見まわした。「そろそろ出たほうがよさそうだ。今入ってきた日本人の団体がどこか気に食わない。東洋のスパイはもはやどこにでもいるからな。今では中国も侮れない。だいたい、何か国語もわかるのだから」

外へ出て、屋外の空気を胸いっぱいに吸い込みながら、私は彼に聞いた。「だが、すべて検証はすんだのか」

「多くのことを知る人たちと話したよ。同僚のルチディにも助言を求めた。知らないかもしれないが、やつは諜報部とつながりがある」

「知ってるよ。が、彼を信用するのか」

「口をつぐむことに慣れた連中だ、心配には及ばないよ。議論の余地なき証拠をもう少し集めるのにあと数日かかる。議論の余地なき証拠、だよ。それからシメイにこの調査のデータを見せるつもりだ。ゼロ号全十二号分の十二回連載だ」

その晩は、サン・ベルナルディーノの骸骨を忘れるために、マイアを連れてロウソクの灯火の揺れるロマンチックなレストランへ行った。もちろん、彼女にグラディオの話などしなかった。骨つきの料理は避け、ゆっくりながら、ようやく私はその午後の悪夢から逃れつつあった。

16　六月六日　土曜日

それからブラッガドーチョは、その暴露記事の内容を整理するために数日の休みをとり、木曜日に出社すると午前はずっとシメイのオフィスから出てこなかった。外に姿を現したのは十一時近くで、シメイが「あのデータはくれぐれもよく検証するように頼むよ。確実な線でいきたい」と言うのが聞こえた。

「ご心配なく」明るく上機嫌にブラッガドーチョは言った。「今晩、信頼度の高いある人物に会うことになっています。そこで最後のチェックをします」

そのほかは、編集部では創刊準備0－1号の通常面の構成に専念した。スポーツ、パラティーノ担当のクイズ、否定・反駁の手紙がいくつか、星占い、そして追悼広告だ。

ふと、コスタンツァが言った。「でも、いくらひねり出したところで、二十四面も埋められない。他のニュースが必要だよ」

「よし」シメイが言った。「コロンナ、助け船を出してくれるかね。頼むよ」

「ニュースはひねり出す必要なんてありませんよ」私は言った。「リサイクルすればいいんです」

「どうやって?」

「人はものを憶えてなんていない。矛盾したことを言うと、たとえば、ユリウス・カエサルが三月十五日に殺されたことはみなが知っているはずのことだが、記憶は曖昧になっている。そこで、カエサルの話を新たに読み解く最近のイギリスの本を手に取る。で、センセーショナルなタイトルをつければいいのです。『ケンブリッジの研究者の驚くべき発見! カエサル殺害、三月十五日はほんとうだった!』そして、すべてを語り直せば、いい読み物記事になる。まあ、カエサルの話はちょっと大げさですが、たとえば、ピオ・アルベルゴ・トリヴルツィオだったら、ローマ銀行の話との類似を記事にできます。十九世紀末のことで、今日のこのスキャンダルとは何の関係もないが、スキャンダルはスキャンダルを呼ぶ。いくつかの噂をほのめかし、昨日起こったことのようにローマ銀行の事件を語ればいい。ルチディなら、何かおもしろいことを引き出せると思いますよ」

「それはいい」シメイが言った。「で、カンブリア、どうかしたのか?」

「通信社のニュースを見ていたんです。南部の小さな村で、また別の聖母像が涙を流したそうです」

「それはすばらしい。じゃあ、きみ、それをセンセーショナルに!」

「迷信は今も繰り返されることについて……」

「とんでもない! 我々の新聞は無神論・合理主義者協会の会報ではないのだぞ。人々は奇蹟を求めている。インテリ左翼好みの懐疑主義などではなくて。奇蹟の記事を載せるからといって、何もそれを信じると言うわけではないから新聞の品格を傷つけはしない。あくまでも事実を語る。あるいは、誰かが事実に立ち会ったことを語る。それで、もしほんとうに聖母様が涙を流したとしても、それは我々には関係ない。結論は読者が引き出すのだ。もしも信者であれば信じるだろう。何段にもわたる大見出しだ」

　みな、発奮して仕事にかかった。マイアのデスクの近くを通りかかると、彼女は追悼広告の執筆に没頭していた。私はこう声をかけた、「深く悲しむ遺族……とね。お願いしますよ」

「それに――友人フィリベルトより、愛しいマティルデと子どもたちマリオ、セレーナに、心からお悔やみ申しあげます」マイアは言った。

「名前は、ジェッシカかサマンタがいいと思うよ」こう言って励ましの微笑みを送り、私はその場を立ち去った。

私はその晩をマイアのアパートですごした。今までもあったように、危うい塔のように積み上げられた本の山の隙間を、愛の巣にして。

山積みの本の間には大量のクラシックのレコードもあった。祖父母から譲り受けたものと言う。ふたり寝そべって、ゆっくり音楽を聞くこともあった。

あの晩、マイアはベートーベンの交響曲第七番をかけた。そして、目を潤ませて、少女時代から、第二楽章になると涙ぐんでしまうのだと言った。「十六歳のときからなの。お金がなくて、たまたま知っている人がただで劇場の天井桟敷に入れてくれた。でも、席はなかったから、階段に座り込んで、いつの間にか寝そべってしまった。堅い木の床だったけど気にもしなかった。で、第二楽章で、このまま死にたいなって思って、泣いてしまった。私、ちょっとおかしかったのよ。でもまともになってからも泣き続けた」

私は音楽を聞いて泣いたことなどなかったが、彼女は泣くのだと思うとどこか感動した。数分の沈黙のあと、マイアが言った。「でも彼のほうは間抜けだった」彼って誰が？　シューマンに決まっているじゃない、とマイア。一体何を考えていたのだか。いつもの彼女の自閉癖。

「シューマンが間抜け？」

「そうよ。たっぷりとしたロマンの迸りと言ったって、時代が時代だから、頭の中でだけのことよ。そして頭を使いすぎておかしくなってしまったんだわ。彼の妻がどうして後年ブラームスに恋をしたか、わかるわ。性質も違えば音楽も違う、それに楽天家。でも、ロベルト・シューマンがよくないって言っているわけではないのよ。才能があったのはわかる。これ見よがしの大作曲家のうちには入らなかったわね」

「たとえば誰？」

「そりゃあ、あの仰々しいリストとか、大げさなラフマニノフ。ひどい音楽よ、効果ばかり狙った。売るのが目的の、アホたれのためのハ長調協奏曲、とか。探したって、彼らのレコードはそこの山にはないわ。捨てちゃったもの。畑でも耕していればよかったのに」

「じゃあ、きみの考えではリストより優秀なのは誰？」

「サティに決まってるじゃない」

「でも、サティを聞いても泣かないだろう?」

「当たり前だわ。それに、そんなこと望みもしなかったでしょう。私が泣くのは第七の第二楽章だけ」それから、少し間を置いて言った。「少女時代から、ショパンのいくつかの曲を聞いても泣けるの。もちろん協奏曲では泣かないけれど」

「協奏曲ではなぜ泣けないんだ?」

「だって、ショパンからピアノをとりあげて、オーケストラをそっくり与えると、勘が狂ってしまうのよ。弦楽器、管楽器、ティンパニをピアノのように演奏する。コーネル・ワイルドがショパンを演じる『楽聖ショパン』、見た? あの映画で、ショパンは鍵盤の上に血の雫《しずく》をたらすのだけれど、オーケストラを指揮する場合はどうするわけ? 第一ヴァイオリン奏者に血をたらすの?」

もう十分彼女のことは知ったつもりでいても、変わらずマイアには驚かされる。彼女といれば、私は音楽だって理解できるようになるだろう。少なくとも、彼女なりの理解のしかたで。

これが最後の幸せな晩だった。昨日の朝は起きたのが遅く、編集部に着いたのは昼近くだった。社に入ると、制服の男たちがブラッガドーチョの机の引き出しをかきまわしており、私服のひとりがその場にいる者たちを集めて取り調べをしていた。シメイは自分のオフィスの入り口に真っ青な顔で立っていた。

カンブリアが私のほうに近づき、まるで秘密でも明かすようにそっと囁いた。「ブラッガドーチョが殺された」

「えっ？　何だって？　ブラッガドーチョが？」

「今朝の六時ごろ、自転車で帰宅途中の夜間警備員が、うつぶせで倒れている死体を見つけたんだ。背中に傷がある。そんな時間だから、開いているバールもなかなかなくて、やっと見つけて病院と警察に電話した。警察医の結論はひと刺しで殺されたということ。力を込めて刃物をふり上げ、ひと息に刺し殺した。凶器のナイフは体に刺さっていなかった」

「が、一体どこで？」

「トリノ通り近くの小道だ。なんて言ったかな……バニャーラ通りとかバニェーラ通りとか」

私服が私のほうに近づき、手短に名乗った。公安警察の警部だった。最後にブラッガドーチョに会ったのはいつかと聞かれた。「昨日、ここで会ったのが最後でした」

私は答えた。「おそらく私の同僚たちもそうだと思いますが。たしか、彼はみなより少し先に、ひとりで退社したと記憶しています」

それから私は、他のみなも聞かれただろうが、夕べはどのようにすごしたかと尋ねられた。女友達と夕食をとり、それからすぐに就寝したと答えた。もちろん、私にはアリバイはなかったが、その場の誰ひとり、アリバイなどなさそうだった。警部はとくに気にするようでもなかった。刑事ドラマで言うように、それはお決まりの質問にすぎなかった。

それよりも警部の知りたがったのは、ブラッガドーチョには敵はいなかったか、ジャーナリストとして何か危険な事件を追ってはいなかったかということだ。むろん、私は警部にしゃべりはしなかった。沈黙して守る仲間がいるわけではないが、しかし、誰かがブラッガドーチョを殺すとしたら、それは彼の調査のせいであることを私も理解しはじめていた。そして、こう感じたのだ、少しでも何か知っているそぶりを見せたなら、その誰かは、私をも消すべきだと考えるだろうと。警察にも言ってはならない、ブラッガドーチョは言っていたじゃないか、彼のストーリーには誰も彼《か》もが、森林警備隊だって巻き込まれていたと。そして、昨日までは妄想家と思っていたのが、その死は今、ある程度の信憑性を彼に与えるのだった。

私は汗ばんでいたが、警部は気がつかなかった。あるいは、その場の感情のせいだと思ったかもしれない。

私は言った。「ブラッガドーチョが今どんなことをしていたか、正確なことはわかりません。ドットール・シメイなら何か知っているかもしれません。記事の担当を割り当てるのは彼ですから。売春関係の記事を用意していたような記憶があります。捜査の役に立つかわかりませんが」

「そうですか」こう言って、警部は今度はマイアに質問をしはじめた。マイアは泣いていた。彼女はブラッガドーチョが好きではなかった、私は心のなかで思った。しかし、殺人は殺人だ。かわいそうなマイア。私はブラッガドーチョよりもマイアのほうが気の毒だった。彼のことを悪く言って罪の意識を感じているに違いなかった。

そのときシメイが、彼のオフィスにくるようにと合図を送ってきた。「コロンナ」そう言ってデスクの前にすわった彼の手は震えていた。「きみは、ブラッガドーチョが何を追っていたか知っているね」

「知っているといえば知っているし、知らないと言えば知らない。少し聞きましたが、しかし正確には……」

「コロンナ、知らないふりはやめたまえ。きみにはわかっているはずだ、ブラッガドーチョが刺し殺されたのは、あることを暴こうとしていたからだと。今もって私にはどれが真実で、どれが彼のつくり出した話なのかわからないが、たしかなことは、調査が百ものことに関係するとして、少なくともひとつは当たっていたわけだ。そして、そのせいで口を封じられた。彼は昨日私にもその話をしたわけだから、私もそれを知っていることになる。たとえそれがどの話だか知らなくても。きみにも話したと言っていた。つまり、きみも知っている。したがって、我々はどちらも危険に曝されているのだ。それだけではない。二時間前、コンメンダトール・ヴィメルカーテが電話を受け取った。誰からか、何を言われたのか、私には話さなかったが、ともあれ、ヴィメルカーテは『ドマーニ』紙の計画自体が彼にとって危険になったと判断し、すべてとりやめにした。各記者に渡す小切手はもう送ってきたよ。それぞれが二か月分の給料と心からのお礼の言葉の入った封筒を受け取ることになる。みな、契約も何もない連中だからな、抗議もできまい。ヴィメルカーテはきみも危険に曝されていることを知らなかったのだが、きみは小切手を現金に替えるために出歩くのはむずかしいだろう。破り捨てるよ。活動準備金があるから、きみにはそこから二か月分の現金を出して封筒に入れておいた。明日までにここのオフィスはすっかり撤去される。我々ふたりに関して言えば、取り交わした約束、きみに依頼した本の執筆のことは忘れよう。『ドマーニ』紙はなくなる。今日すぐにだ。が、たとえ新聞はなくなっても、私ときみはあまりに多くを知りすぎている」

「でも、ブラッガドーチョはルチディにも話したと思いますよ……」

「つまり、まったく何もわかっていなかったってことだ。彼の災難はそこにある。ルチディは、今は亡き我らが同僚が、何か危険なことをかぎまわっているのに気づいて、すぐに報告したんだ……。が、誰に？　わからない。ともあれ、その誰かが、ブラッガドーチョは知りすぎたと判断した。ルチディに身の危険はないよ、彼はバリケードの向こう側の人間だ。が、私たちふたりはそうではない。私がどうするつもりか言っておくよ。警察が出ていき次第、準備金の残りをかばんに詰めて駅に駆け込み、ルガーノ行きの最初の列車に飛び乗る。荷物はなしだ。ルガーノには、誰にでも戸籍の記載内容を変えてくれる男がいる。新しい名前、新しいパスポート、新しい居住地。まあ、居住をどこにするかは考えよう。ブラッガドーチョの殺人者たちに見つからないうちに、私は姿を消すよ。時間の勝負だ。ヴィメルカーテには、私への支払いはドル建てでクレディ・スイスに送るように頼んだ。きみにはどんなことを勧めたらいいかわからないが、まず家に閉じこもって、うろうろ外を歩かないほうがいい。それから、どこかへ消える方法を探すことだ。私だったら東欧の、ステイ・ビハインドの存在しなかった国を探す」

「では、あなたはすべてステイ・ビハインドのせいだと思っているんですか。公然の事実ですよ。あるいはムッソリーニの件？　あんなとんでもない話、誰も信じませんよ」

「じゃあ、バチカンは？　あの話がほんとうではなかったとしても、新聞は、教会は一九四五年にドゥーチェの逃亡を助けた、五十年もの長きにわたり、ドゥーチェをかくまったって書きたてるだろう。シンドーナ、カルヴィ、マルチンクスのもろもろの騒ぎだけでも大変なんだ、ムッソリーニの件はまったくのデマだったと証明する前に、スキャンダルは国際メディアにあふれ出るだろう。コロンナ、誰も信用しないほうがいい。少なくとも今晩は家に閉じこもって出ないほうがいい。それから、逃げることを考えるんだ。何か月かはやっていけるだろう。それに、たとえばルーマニアなどへ行けば、物価も安いし、この封筒の一二〇〇万さえあれば、しばらくはいい暮らしができる。その後のことはその後のことだ。さようならだ、コロンナ、こんなことになって残念だよ。我らがマイアのアビリーンのカウボーイの笑い話みたいだな。残念、我々の負けだってね。警察がいなくなったら、早速出発の準備をさせてもらうよ」

私はすぐに消え去りたかった。が、あの呪わしい警部は、何の手がかりもつかめないままに、私たちみなに質問をし続けた。こうして日が暮れた。

ルチディのデスクのそばを通ると、例の封筒を開けているところだった。「十分な報酬をもらいましたか」私は尋ねた。そして彼は、間違いなく、私の意味するところを理解した。

彼は下から私を見上げ、こう聞くにとどめた。「でも、ブラッガドーチョはあなたには何を話したんです？」

「何かを追っていたことは知っている。それが何かは言いたがらなかった」

「ほんとうに？」彼はこう返してきた。そして、「気の毒なやつだ。一体何をしでかしたのか」と言ってあちらを向いた。

何かあったら、またご協力願いますという決まり文句とともに警部に帰宅を許されると、私はマイアの耳元に囁いた。「きみは家に帰っておれからの連絡を待て。が、明日の朝まで電話はしないと思う」

彼女はぎょっとしてこちらを見た。「あなた、一体何の関係があるの？」「何でもない、おれは関係ないよ。何てことを思いつくんだ？　ただ、少し動揺している。当然だろう」

「でも、何が起こっているわけ？　小切手と貴重なご協力への心からのお礼の入った封筒を渡された」

「新聞はおしまいだ。あとで説明するよ」

「どうして今説明できないの？」

「誓うよ、明日になったら全部話す。心配しないで家にいるんだ。頼む、おれの言うことを聞いてくれ」

彼女は私の言うことを聞いてくれた、問いかけでいっぱいの涙に濡れた目をして。

そして私は、それ以上何も言わず、その場を去った。

その晩は家ですごした。何も食べず、ウィスキーを半ボトル空けて、一体どうすればいいのかと考えた。それから、疲れ果ててスティルノックスを飲み、眠り込んだ。

そして今朝、水道の蛇口から水が出てこなかったのだった。

17　一九九二年六月六日　土曜日　正午

さあ、これがすべてだ。考えをまとめてみる。「彼ら」とは一体誰なのだ？　シメイも言ったように、ブラッガドーチョは、正しいにせよ正しくないにせよ、多数の事実を一緒にした。これらの事実の一体どれが、誰かを不安にさせたのか。ムッソリーニの件か。そうだとした場合、後ろ暗いのはバチカン、ボルゲーゼ公のクーデターの共犯者でその後も国家の上層部で地位を保ち続けた何人か（しかし、二十年以上も経った今、もうみな死んでいるはずだ）、諜報機関（が、どの？）。いや、あるいは、恐れとノスタルジーを糧に生きてきた老いたファシストがひとりでやったことなのかもしれない。ことによっては、あたかも自分の後ろには、そうだな、犯罪組織のサクラ・コローナ・ウニータでもついているように思わせて、ヴィメルカーテまで脅しておもしろがったのかもしれない。つまりは狂人だ。しかし、殺そうと追いかけてくる狂人がいたとしたら、危険度は賢人に狙われるのと同じだ。いや、それ以上だろう。たとえばの話、「彼ら」であるにせよ、単独の狂人であるにせよ、昨日の夜中にこの部屋に入った人間がいるのだ。そして、一度入れたのだとしたら、もう一度入ることは可能だ。したがって、もうここにはいられない。しかし、この狂人なり「彼ら」なりは、あいつは何かを知っている、とほんとうに確信しているのだろうか。ブラッガドーチョは何かこちらのことをルチディに話しただろうか。話していないように思える。少なくとも、あのスパイ野郎と最後に交わした言葉からは、すっかり話したわけではなさそうだ。しかし、それで安全と考えていいのだろうか。いや、絶対に安全ではない。だからといって、ルーマニアに逃げるというわけにもいかないし、少しようすを見たほうがいいだろう。明日の新聞の記事も読みたい。もしもブラッガドーチョ殺害の記事がなかったとしたら、事態は思った以上にまずいということだ。何者かが闇に葬ろうとしていることになる。ともあれ、しばらくの間でも身を隠す必要がある。が、一体どこに？　外に顔を出すのも危険なのだ。

マイアのことを、オルタ湖の小屋のことを考えた。マイアとのことは、おそらく誰にも気づかれなかったはずだ。彼女はマークされていないだろう。彼女は大丈夫でも、しかしこの家の電話はまずい。家からは電話できないから、外に出なければならない。

思い出したのは、このアパートの中庭からトイレを通って角のバールに入れることだ。それに、中庭の奥に何十年も閉めたきりの鉄の扉があること。アパートの鍵を受け取るときに、大家から聞いた話だ。下の表門の鍵と踊り場に面したアパートの扉の鍵のほかに、錆びついた古い鍵があった。「使うことはないと思いますが」大家はこう言って微笑んだ。「五十年前から、アパートの住人はみなもっているんですよ。戦争中、この建物には防空壕がなかったのですが、比較的広い防空壕が道を挟んだ向かいの建物にあったのです。ここの通りとは並行するクアルト・デイ・ミッレ通りに面した建物です。そこで、空襲警報がなったら少しでも素早く逃げられるように、中庭の奥に通路をつくりました。通路の入り口・出口の扉は閉められ、住人各自が鍵をもった。ほら、ご覧のように五十年も経って錆びついていますが。使うことはまずないと思いますが、奥のあの扉は、火災の際のいい避難路になります。何なら引き出しの中にでも放って、お忘れください」

そう、これがやるべきことだ。早速一階におりて、裏口からバールに入った。店主とは知り合いだし、前にもこうして入ったことがある。あたりを見まわすと、朝早いから客もほとんどいない。カプチーノふたつ、クロワッサンふたつを載せたテーブルの老夫婦は秘密諜報員には見えなかった。まずダブルのコーヒーを注文し（いずれにせよ目を覚ます必要があった)、電話ボックスに入った。彼女には黙って聞くように言い、素早く電話に出たマイアはいたく動揺していた。

こう話しだした。

「いいか、何も言わずに注意して聞いてくれ。オルタ湖に何日かいられるように必要なものをかばんに入れ、きみの車できてくれ。家の裏のクアルト・デイ・ミッレ通りまでだ。番地はわからないが、だいたいおれの家と同じ位置に表門がある。何かの倉庫の中庭に面しているから、たぶん開いていると思う。おそらく入れると思うが、あるいは外で待っていてくれてもいい。時計の時間をおれの時計に合わせてくれ。十五分あればこられるはずだから、そうだな、今から一時間後きっかりに、そこで会おう。もしも表門が閉まっていたら、おれが外に出て待つ。が、時間通りにきてほしい。長い間、道に出ていたくない。頼むから、何も聞かないでくれ。かばんをもって車に乗るんだ。時間をよく計算して、そしてきてくれ。あとで全部話すよ。誰もきみをつける者はないと思うが、バックミラーには注意して、もしも跡をつける者があったら、適当にややこしいまわり道をして撒くんだ。ナヴィッリョ運河のあたりでは難しいだろうが、あとは急に横道に入るなど、いろいろできる。赤になったところで信号を渡ってもいい。それなら、他の車は追ってこれない。マイア、頼りにしてるよ」

マイアは武装の強盗だってできただろう。何しろ完璧だった。約束の時間にはもう表門の中に入っていた。張りつめた表情だったが、満足げでもあった。

車に飛び乗るとマイアにどの角で曲がるか指示し、チェルトーザ通りの奥へと急いだ。そこから先、ノヴァーラ方面の高速入り口まではマイアもよく知っている道だった。そして、オルテへのインターチェンジはマイアのほうがよく知っていた。

車中では、ほとんど口をきかなかった。家に着いてから、この話を知れば彼女も危険に曝される恐れがあることを伝えた。彼女はこちらを信じて何も知らないままでいることを好んだだろうか。むろん、そんなことは論外だった。「悪いけど」彼女は言った。「一体誰を、あるいは何を怖がっているのかわからないけど、私たちが一緒なのは誰も知らない。だから、私は危険には曝されない。あるいは、この先知られることになったとしたら、いずれにせよ、私も知っているのだとその人たちは思うでしょう。ほら、白状なさいよ。でなかったら、私、あなたの考えることを考えることができないじゃない」

まったく揺らぎもしない。すべてを話さざるを得なかった。結局のところ、彼女はもはや、我が肉の肉ではなかったか。そう、聖書にあるように。

18　六月十一日　木曜日

ここ数日、私は家の中に閉じこもり、外へ出るのが怖かった。「大丈夫よ」マイアが言った。「ここでは誰もあなたを知らないし、あなたの恐れるのが誰であろうとも、あなたがここにいるなんて知らないのだから……」

「それでもいい」私はこう答える。「念のためだ」

マイアは私を病人でも世話するように扱うようになった。抗不安薬を飲ませ、窓辺にすわって湖を眺めていると私のうなじを愛撫するのだった。

日曜日の朝、彼女はすぐに新聞を買いに行った。ブラッガドーチョ殺害の記事は、とくに目立つでもなく三面に載っていた。ジャーナリスト殺害。売春ルートを調査中に元締めに殺害されたか。

私の言った言葉を受けてこの説をとったようだ。あるいは、シメイもそう言ったのかもしれない。編集部の人間のことなど疑いもしていないし、シメイも私も姿を消したことなど気づいてもいないようだった。そもそも、編集部に戻ったところでオフィスは空っぽだし、あの警部は記者たちの住所を控えもしなかった。あっぱれなメグレ警視だ。ともあれ、我々のことなど気にかけているとは思えない。売春絡みというのは、いちばん追いやすい、お決まりの線だ。もちろん、その調査を担当していたのは自分だと、コスタンツァが言いだすこともあり得た。が、おそらく彼自身、ブラッガドーチョの死は何らかの形で売春とかかわっていると思い込んだだろうし、自分のことが心配になってきてもいたのだろう。よって、押し黙っていた。

翌日には、ブラッガドーチョの名は紙面から消えた。こういったケースを警察は山ほど抱えていただろうし、殺害されたのはたかが三流、四流の記者だ。いつものように容疑者を検挙して、それでおしまいだ。

黄昏時には暗い面持ちで、暗さを増していく湖を眺める。太陽の下ではあんなにも明るく輝いていたサン・ジュリオ島も、水面から姿を現すようで、ベックリンの描く死の島を思わせた。

マイアはそんな私を揺すり起こそうと、サクロ・モンテまでの散歩に私を引っぱっていった。この場所のことは知らなかったが、いくつもの礼拝堂が丘をよじ登るように続き、そこには実物大の彩色彫刻が神秘のジオラマを展開している。微笑む天使たちがいて、そして、聖フランチェスコの生涯が描かれている。しかし、苦しむ子どもを胸に抱く母親像を前にしても、どうしても何年も昔の虐殺事件の犠牲者と見えてしまう。何人もの枢機卿、陰気なカプチン修道会士らが法王を取り囲む厳《おごそ》かなシーンは、私の拉致を企むバチカン銀行の会合と思え、鮮やかな色彩やその他の信心こもるテラコッタ像を見ても、天の王国を思い浮かべることはできなかった。すべてが、陰で密謀する冥界の力を巧みに覆い隠すアレゴリーに見えた。果ては、これらの像は夜中には骸骨に姿を変えるのではと想像する始末だった（そもそも、バラ色の天使の体など、天上のものとはいえ、中に骨を隠しもつ偽りの外皮にすぎないのではないか?）。そして、サン・ベルナルディーノ・アッレ・オッサの骸骨たちの死の舞踏に加わるのだ。

実際のところ、これほど怖くなるとは自分でも思っていなかったし、それをマイアに見せるのは情けなかった（これで彼女にも愛想をつかされる、こう思ったのだ）。しかし、ブラッガドーチョがバニェーラ通りにうつぶせで倒れている姿が常に目の前にちらついた。

時折こう願いもした。突如、空間・時間軸に隙間ができて（ヴォネガットは何と言ったっけ？ 時間等曲率漏斗《じかんとうきょくりつろうと》*だ）、夜中のバニェーラ通りに百年前の殺人鬼ボッジャが実体化し、あの闖入者《ちんにゅうしゃ》を片付けたのではないかと。しかし、それではヴィメルカーテにかかってきた電話は説明できなかった。これは、マイアがただのよくある殺人だったのだと言うときにも、反論に使っていたことだ。ブラッガドーチョが破廉恥な男だというのはすぐわかったから（安らかに眠れ！）、どこかの売春婦を誘惑しようとしてヒモからの報復を受けたのだ、ごく単純な犯罪、いわゆるデ・ミニミス、「法律は些事を顧みない」の一例だ、とマイアは言う。「ああ」こちらは繰り返しこう答えるのだった。「でも、ヒモは新聞社に電話して発行をやめさせたりしないよ！」

「だけど、ヴィメルカーテがほんとうに電話を受け取ったという証拠があるの？ 思ったよりお金のかかる計画に後悔したのかもしれない。それで、記者の死を知って、『ドマーニ』紙をやめることにした。一年分の給料の代わりに二か月分を払って……。それとも、あなた、言ってたでしょう、ヴィメルカーテが新聞をやるのは、エリート層の誰かに『仲間に入れてやるからやめろ』と言われるまでだと。たとえばルチディのようなやつが、『ドマーニ』が不都合な調査を発表しようとしているとエリート層の誰かに知らせたとする。そこで彼らはヴィメルカーテに電話し、わかったよ、そんな新聞はやめておけ、おれたちのクラブに入れてやると言う。それとは関係なく、ブラッガドーチョはありきたりの殺人狂に殺される。これで、ヴィメルカーテの電話の問題は消えるでしょう」

「でも、おれは殺人狂を消してはいない。要するに、夜中におれの家に入ったのは誰なんだ？」

「あなたはそう言っているけれど、どうして誰かが侵入したと断言できるの？」

「じゃあ、誰が水道の元栓を閉めたんだ？」

「でも、ちょっと聞いて。誰か掃除をしにくる人がいるんじゃない？」

「ああ、一週間に一度」

「その人が最後にきたのはいつ？」

「いつも金曜の午後にくる。というと、ブラッガドーチョのことを知った日だ」

「それだったら、彼女が閉めたんじゃないの？　シャワーの水漏れの音が耳障りで」

「でもあの金曜の晩は、睡眠薬を飲むために水道からコップに水を入れた……」

「それだったら、どうせコップ半分ぐらいでしょう。元栓を閉めても少しは管の中に

＊カート・ヴォネガット『タイタンの妖女』に出てくる現象。

残っている。それが蛇口から出る最後の水だったのに、気がつかなかった。そのあと、水を飲んだりした？」

「いや、夕食もとっていない。ウィスキーのボトルを半分空けただけだ」

「ほらね？　パラノイアだとは言わないけれど、ブラッガドーチョが殺されたことと、シメイに言われたことですぐに、誰かが夜中に家に侵入したって考えたのよ。でも違う。掃除の人が午後に閉めたのよ」

「でも、ブラッガドーチョが殺されたのはほんとうだ！」

「私たち、今考えたじゃない。別件だったかもしれないと。つまり、おそらくは誰もあなたのことなど狙っていない」


ふたりであれこれと仮説をかきまわしてはつくり直し、あるいは除外して、この四日間をすごした。こちらはますます張りつめた思いだったが、マイアは何やかやと面倒を見てくれた。家と村の間を疲れ知らずに行き来し、新鮮な食料とモルトウィスキー（すでに三本が空になっていた）を調達してきた。二度、愛を交わしたが、私のほうはまるで怒りをぶちまけるようで、悦びなど少しもなかった。しかし、彼女への愛はますます強くなっていた。守らなければならなかった小鳥は立派な雌狼に変貌し、私を傷つけようとする者なら何者にでも牙をむいて襲いかかっていきそうだ。

そして今晩のことだった。何気なくつけたテレビで、たまたまコッラード・アウジャス*が、ＢＢＣでその前日に流されたイギリスの番組を紹介したのは。その名も「グラディオ作戦」。

私たちは、言葉も発せずこの番組に見入った。

それはまるで、ブラッガドーチョが台本を書いた映画かと思われた。ブラッガドーチョが空想したすべてのことが、それ以上のことが、そこにはあった。しかも、言葉は映像やその他の記録で説明され、有名な人物の証言もあった。番組はベルギーのステイ・ビハインドの活動にはじまり、グラディオの存在はたしかにイタリアの首相に知らされていたが、それはＣＩＡの信頼する人物に限られていたことも明かされた。たとえば、モーロ、ファンファーニは知らされていなかった。そして、スパイ自身の口から出る以下のような言葉が画面いっぱいに映し出された。「欺瞞とは精神の

＊ジャーナリスト、作家、テレビキャスター。政治家経験もある。

じて登場し、ありとあらゆることを暴露した。ヴィンチグエッラは二時間半の番組全編を通じて登場し、ありとあらゆることを暴露した。連合軍諜報部は早くも戦争終結以前から、ボルゲーゼと彼の統率するデチマ・マスの部下たちに、将来ソ連侵攻があった場合に協力する約束を取りつけ書類にサインさせていたことまでも。何人もの証人たちはみな、グラディオのような作戦に参加させるなど、元ファシスト以外考えられないと、あっけらかんと述べるのだった。思えば、ドイツの場合、クラウス・バルビーのような虐殺者にもアメリカ課報機関は免責を保証したのだ。

リチオ・ジェッリも何度も画面に現れ、連合軍諜報部の協力者であることをいとも単純に自認し、ヴィンチグエッラからはよきファシストと呼ばれていた。ジェッリは自分の手柄、コンタクト、情報源を語った。その行動がふた股をかけたものであったのが明らかにわかることなど気にもせずに。

コッシーガは、若きカトリック活動家であった一九四八年に、共産党が選挙結果を受け入れなかった場合には行動に移るために、短機関銃と手榴弾を与えられたことを語った。ヴィンチグエッラは何度も登場して、緊急事態宣言に備えて大衆の心理的な覚悟を準備するために、すべての極右組織が緊張戦略に献身したことを、いとも平然と主張した。そして、「オルディネ・ヌオヴォ」と「アヴァングアルディア・ナツィオナーレ」の二組織が諸省庁の責任者とともに動いたことも、はっきり語った。国会調査の上院議員たちは、諜報部と警察は陰謀事件のたびに書類をごまかし、司法調査を麻痺させようとしたと、ごく率直に言った。ヴィンチグエッラは、フォンターナ広場爆破事件の裏には、直接の計画者とされたフランコ・フレーダ、ジョヴァンニ・ヴェントゥーラのようなネオファシストだけではなく、その上に内務省特別情報局があって、全計画がその指揮によるものであったことも明かしている。さらに、「オルディネ・ヌオヴォ」と「アヴァングアルディア・ナツィオナーレ」が、いかにして左翼の諸グループに潜入して彼らをテロ行為へと仕向けたかも長々と話した。CIAのオズワルド・リー・ウインター大佐は、「赤い旅団」内部には潜入者がおり、しかも、イタリアの諜報機関SISMIのサントヴィート将軍の命令を受けて動いていたと断言した。

「赤い旅団」の創設者のひとりで、仲間の中では早くに逮捕されたアルベルト・フランチェスキーニは、衝撃的なインタビューの中で、自分がよかれと思ってした行動が、もしかしたら何者かによって別の目的に向けられていたのではないかと、混迷した面持ちで自問した。そして、またしてもヴィンチグエッラが断言するに、「アヴァングアルディア・ナツィオナーレ」は、親中派の活動への恐怖を引き起こすために、毛沢東支持の貼り紙を流布させる任務を負ったという。

グラディオの司令官のひとり、インゼリッリ将軍は躊躇することなくこう言った。武器庫はカラビニエーリの兵舎にあり、グラディオのメンバーは、(まるで大衆小説のストーリーだが)メンバーのしるしとして半分に切った一〇〇〇リラ紙幣を見せれば、必要なものを取り出すことができた。番組の締めくくりは当然ながらモーロ事件のこと、そしてモーロ首相誘拐時にファーニ通りで何人かの諜報部員の姿が目撃されたことを扱った。そのうちのひとりは、そこにいたのは友人に昼食に招待されたからだと弁明したが、昼食の約束なのになぜ朝九時に出向いたのか、その理由はわからなかった。

コルビー元CIA長官は、むろんすべてを否定したが、他のCIA諜報員たちは、顔も隠さず、種々の文書について話した。そのなかには、テロ事件に関係した人々に組織が払った給料までが事細かに記されたものまであった。たとえば、ミチェーリ将軍には月五〇〇〇ドルというように。

番組の中でも言っていた通り、おそらくどれも伝聞証拠であって、それをもとに人を裁くことはできないのだろうが、しかし、十分世論を不安にさせる内容だった。

マイアと私はぼうっとしていた。ドキュメンタリーの暴露はブラッガドーチョの高揚した空想を遥かに超えたものだった。「当然だわ」マイアが言った。「彼自身、あなたに言ったのよね？　このもろもろのニュースは以前から流布していたけれど、集団の記憶から消されていたのだって。記録保管所や新聞雑誌資料室に足を運んでモザイクの断片を一緒にしてやるだけでいい。私自身、学生の時だけではなく、アツアツ交際を担当していた時も新聞ぐらい読んでいたわ。こういうことも聞いたことがある。でも、私も忘れていたのよ、新しい暴露があるたび前の暴露が消されてしまうかのように。全部引っぱりだすだけでよかったのよ。ブラッガドーチョがやったように。BBCがやったように。材料を混ぜ合わせてカクテルをつくる。で、ふたつの完璧なカクテルができるわけだけれど、どちらのほうがより真実に近いのか、もうわからない」

「ああ、だがブラッガドーチョはおそらく自分の想像も混ぜたのだろう。たとえばムッソリーニの件、法王ルチャーニの暗殺」

「たしかにあの人には妄想癖があって、ありとあらゆるところに陰謀を見ていた。でも、問題の核心は変わらない」

「なんてことだ」私は言った。「考えてもみろ、数日前、このニュースが世間を騒がすのを恐れて何者かがブラッガドーチョを殺した。が、今では、この番組のおかげで何百万人もが知っているんだ」

「まさにそこにあるのよ、あなたの幸運は」マイアが言った。「謎の『彼ら』にせよ、単独の殺人狂にせよ、ほんとうに誰か、このことを世間に思い出してほしくない者がいるとする。あるいはテレビを見ていた私たちも見逃した小さなことで、どこかの団体や個人に不都合な事実がまた浮上してくるのを恐れる人間がいるとする……。そうだとしても、この番組のあとでは、『彼ら』にも殺人狂にも、あなたやシメイを消すことなんてどうでもいいはずよ。あなたたちが明日にでも、ブラッガドーチョから聞いたことを新聞社にしゃべりにいったところで、テレビで見たことを繰り返す変わり種としか見られない」

「でも、もしかしたら、BBCが言わなかったことを恐れているのかもしれない。ムッソリーニ。ルチャーニ」

「そうね、あなたはムッソリーニの件を話しにいく。そもそも、ブラッガドーチョが言ったことだって、証拠もなく、妄想的な推測ばかりで、ありそうにない話だった。あなたも気が動転したのだろうと言われるのが落ちよ。BBCの番組を見て興奮し、想像をたくましくしたのだろうって。それどころか、彼らの思う壺だわ。この先、おせっかいなやつがいくつも新しい陰謀を思いつくのだろうと言われるでしょう。そして、そういう暴露が巷にあふれれば、ＢＢＣのあの番組もジャーナリズムのしかけたことだったのではないかと疑われるし、あるいは錯乱していると思われるかもしれない。アメリカ人が月に行ったというのは嘘だ、ペンタゴンはＵＦＯの存在を必死になって隠そうとしている、なんていう陰謀論と同じね。この番組のおかげで、他のすべての暴露が無駄なこと、滑稽なことになる。だって（何て言ったかしら、フランスの本のタイトルにあったわね）、そう、『事実は小説より奇なり』。もうこれ以上すごいことは、誰も思いつけないでしょう」

「つまり、おれは自由の身だと言うんだね」

「もちろんよ。真実はあなたたちを自由にするって、誰が言ったのだったかしら？　この真実は、他のすべての暴露を嘘のように見せてしまう。結局のところ、ＢＢＣも『彼ら』に最高のサービスをしたことになる。明日から、ローマ法王は子どもたちの喉をかききった挙げ句に食べてしまうとか、イタリクスに爆弾をしかけたのはカルカッタのマザー・テレサだなどと言って歩いても、『へえ、そうなの？』と言って見向きもされないでしょう。明日の新聞にだって、きっとこの番組のことは載らないわ。この国ではもう動揺させられることなんてないのよ。ローマ帝国への蛮族の侵入があって、ローマ略奪があって、セニガッリア事件があって、第一次大戦の死者六十万人があって、第二次大戦の修羅場があったのだから、四十年もかけてたかだか数百人の人を吹き飛ばしたことぐらい、何てことないのよ。道を外れた諜報部？　ボルジャ家に比べたら、お笑いだわ。私たちはいつだって懐刀と毒の民だった。もう免疫ができているのよ、どんな話を聞かされようと、もっとひどい話を聞いているとか、あれもこれも嘘だとか言うんだわ。アメリカ合衆国やヨーロッパの半数くらいの国の諜報機関、イタリア政府、新聞が私たちをだましたのだとすると、BBCだってだましているのではないか？　よき市民にとって唯一の真剣な問題は、どうやって税金を払わないですませるかということ。上で命令する連中が何をやろうとかまわない。どうせ甘い汁を吸うことしか考えていない。アーメン。ほら、私だってシメイのところで二か月仕事しただけでお利口になったのよ」

「おれたち、どうするか？」

「まずとにかく、落ち着いて。それから、私は明日銀行に行って、ヴィメルカーテの小切手を現金にしてくる。あなたは、銀行にお金があるなら、すっかり下ろしてくる……」

「四月から節約していたよ。だから、二か月分の給料にあたるぐらいはある。一〇〇〇万リラかな。それに、この間シメイがくれた一二〇〇万リラ。おれは金持ちだよ」

「すごいじゃない。私も少しは貯めてある。全部引き出してどこかへ行ってしまいましょうよ」

「どこかへ行く？　もう心配せずに歩けるって話していたばかりだろう？」

「ええ、でもあなた、まだこの国に住み続ける気がある？　これまで進んできたようにことが進み、ピッツェリアで食事をすれば、近くにすわっている男はスパイかもしれない、あるいは、また別のファルコーネを殺そうとしているのかもしれない、なんて考える。たとえば、ちょうどあなたがそこを通るときに、爆弾を爆発させたりして」

「でもどこへ？　きみも今見たし、聞いただろう。同じようなことはスウェーデンからポルトガルまでヨーロッパ中で起こっていたんだ。『灰色の狼』のいるトルコに逃げるかい？　それにアメリカだって、たとえ入国させてくれたところで、大統領を殺したり、もしかしたらＣＩＡにマフィアが潜入しているかもしれないような国だ。世界そのものが悪夢なんだよ。おれも降りたい。だが、それはできないと言われる。途中停車駅のない急行に乗っているんだよ、おれたちは」

「ねえ、秘密なんてなくて、すべてが白日の下に行われる国を探しましょうよ。中南米にはいくらでもあるんじゃない？　隠しごとはなし、麻薬だって誰がどのグループに属しているかわかっている、誰が革命ゲリラを指揮しているかも知られている。レストランにすわれば、友達が通りかかって武器密輸のボスを紹介される。ヒゲをさっぱり剃って香水をふりかけ、パリッと糊のきいた白いシャツをズボンの上に出している。ウエイターたちはセニョール、セニョールと言ってもてはやし、グアルディア・シビルの隊長も敬意を表しにいく。ミステリーも何もなく、すべてがお天道様の下でなされる国。警察は汚職すべしが決まりで、政府と悪の世界とは憲法の規定で共存する。銀行はブラックマネーのロンダリングでなんとかやっていくのだから、怪しくないお金などもっていけない、滞在許可証をとりあげられてしまう。彼ら同士では殺し合いは日常茶飯事だけれど、観光客は放っておかれる。どこかの新聞社か出版社で仕事が見つかるんじゃないかしら。アツアツ交際専門の雑誌で働く友人がいるのよ。今思えば、あれは立派でまっとうな仕事ね。でたらめを書いたところで、もともとみながでたらめだって知っているのだし、それで楽しむのだから。ほんとうの秘密を暴くことは、もう前日にテレビがやってしまっているのだし。スペイン語なら一週間で覚えられる。ほら、これが私たちの南の島になる。私のツシタラ、そうでしょう？」

自分ひとりでは行動を起こすことができなくても、誰かボールをパスしてくれる者があれば、ときにはゴールを決めることもできる。マイアはまだ世間ずれしていないが、こちらは歳でいくぶん知恵がついている。そして、自分が負け犬だと知っている者にとって唯一の慰めは、まわりの者もみな敗北者だと考えることだ。勝者も含めて。

私はこうマイアに答えた。

「マイア、イタリアも少しずつ、きみの逃亡したいという夢の国になりつつあるんだよ。ＢＢＣが語ってみせたすべてのことを、おれたちがまず受け入れもし、忘れもしたということは、恥を忘れることに慣れつつあるということだ。番組でインタビューを受けた人物が誰も彼も、臆しもせず自分のやったことを話し、それが勲章にでも値するかのような話しぶりだっただろう？　バロックの明暗法など反宗教改革時代のもの、不正行為も印象派画家が描いたように太陽の下に浮かび上がる。汚職にはお墨付きがあり、マフィアが堂々と議会に入り、脱税者も政府にあって統治する。刑務所に入れられるのはアルバニア人のニワトリ泥棒ぐらいだ。良識的な人々は悪党たちに投票し続けるだろう。ＢＢＣなんて信用しないし、そもそも今晩の番組のようなものは見ないだろう。もっとくだらない番組にかじりつく。あるいはヴィメルカーテのテレビショッピングがゴールデンアワーに迫《せ》り上がってくるだろう。そして誰か要人が殺されれば国葬だ。おれたちはかかわらないでいよう。おれはドイツ語翻訳に戻る。きみは、美容院のご婦人や歯医者の待合室用の雑誌に戻るといい。そして、晩にはちょっといい映画を見て、週末はこのオルテにきて、あとはどうにでもなれだ。待てばいいだけだ。この国が決定的に第三世界になれば、住みやすいところになるよ、まるでコパカバーナさ。歌にもある、女は女王、女は君主って」

マイアは私に安らぎを、自分への自信を、というか、少なくともまわりの世界への穏やかなる不信を、取り戻させてくれた。人生は我慢のできるものになった。もてるものに満足すればいい。明日は（スカーレット・オハラが言ったように。ああ、またしても引用だ。が、もう自分で語るのはあきらめ、他人に語らせるだけだ）、明日の風が吹く。

サン・ジュリオ島は再び太陽の光に輝くだろう。

単行本訳者あとがき

本書『ヌメロ・ゼロ』（*Numero zero*）は、二〇一五年刊行のウンベルト・エーコ七作目の小説の翻訳である。ちょうど著者が八十三歳の誕生日（一月五日）を迎えたころに発行された。ウンベルト・エーコは一九五〇年代から哲学、記号論、マスメディア論の学者として、また評論家として幅広く活躍し、『薔薇の名前』が世界的大ベストセラーとなった一九八〇年代からは小説家としても国際的に評価され、まさに現代イタリアの知の巨人というべき存在であったが、二〇一六年二月十九日に永眠、本作が最後の小説となった。

その後、これまでに雑誌に発表してきた時評を著者自身がまとめた『鮭と旅をする方法』（*Come viaggiare con un salmone*／既刊本 *Il secondo diario minimo* の一部に未収録の時評を加えたもの）と『パペ・サタン・アレッペ――液状化社会の記録』（*Pape*

Satàn Aleppe. Cronache di una società liquida）の二冊が、没後一週間も経たないうちに出版されている。エーコ自身も出資者、ブレインとして参加した新しい出版社の最初の刊行であり、前者は現代の諸現象をパロディ化した奇抜なマニュアル本、後者は共同体としての意味をしだいに失いつつある、ここ十五年ほどの社会の変化を扱っている。社会のさまざまな現象を鋭く観察しては発言し続けた最大の知識人を失って、イタリアでは誰しも大きな喪失感を抱いていたが、いつもながらの軽妙な筆致で現代社会に警鐘をならす遺作を、エーコは読者に遺してくれたわけである。

本書『ヌメロ・ゼロ』も、情報化社会にあって私たちが無意識のうちに受け入れている情報の洪水に、疑問を投げかける。ミステリーじたての語りを通して、マスメディアの悪癖を見せると同時にイタリアの現代史を「陰謀」の目で解き直し、「真実」を見る目とは何かを問いかける作品である。読者は、どこまで信じていいのか、どこから騙されているのかと思いを巡らせつつ、現代イタリアの出来事を追体験する。

小説の舞台は一九九二年のミラノ。新しいインディペンデントな日刊紙「ドマーニ」の発刊にあたり、その創刊準備号となるヌメロ・ゼロ（ゼロ号）を制作する編集部をめぐって物語は展開する。実際には出資者が自己の利益の手段として利用するための、刊行される見込みのない新聞のパイロット版なのだが、記者たちは何者をも恐れぬインディペンデント紙の創刊に向けて準備を進める。しかし、情報を正しく伝え、不正を告発するどころか、編集会議で論議されるのはまさに悪しきジャーナリズムの手本ともいえるテクニックの数々で、公正なる報道とはほど遠い。

ここに集められた記者たちも、それぞれに癖のある面々である。語り手の主人公コロンナは、敗者を自認する五十男で、文才をもちながらも翻訳、原稿の下読み、ゴーストライターなどをしてしのいできた。他のスタッフも、みなぱっとしない職歴を経てなんとか「日刊紙」編集部にたどりつき、ようやく力を発揮できると燃えている。文学に明るく、知的好奇心が旺盛ながらもゴシップ誌で芸能人の熱々交際を追っていた紅一点のマイア、暴露記事を専門とするブラッガドーチョ、豊かな情報網を駆使して毒の効いた記事を書くルチディ……。物語の軸となるのは、ヌメロ・ゼロを用意する編集会議と並び、日を追って進んでいくブラッガドーチョの調査である。すべてのことに疑いの目を向け、どこにも陰謀の影を見るブラッガドーチョは、解放前夜から戦後、現在にいたる現代イタリア史を、今もって未解決の数多くのテロ事件をめぐる陰謀を、ムッソリーニの最期を鍵として読み解き、主人公コロンナに語って聞かせる。そしてその陰謀は、一九九二年の出来事と絡み合って最終章を迎える。

新聞の出資者ヴィメルカーテと、シメイ率いる編集部のスタッフをのぞき、作品中に言及されるのはすべて実在人物であり、現実に起こった事件である。物語が展開する一九九二年四月から六月にかけては、「マーニ・プリーテ」（きれいな手）と呼ばれた検察による捜査が進行中で、政界の構造汚職を明るみにだしつつあった。「タンジェントポリ」（賄賂都市）なる言葉が、イタリア中を揺るがしはじめていた時代である。小説中では、世紀の大汚職事件の発覚した一九九二年二月の新聞を、見本となるヌメロ・ゼロとして制作する。つまり、二か月前の出来事を編集部のスタッフはあたかも現在の事件であるかのように扱うわけだが、それは小説の読者にとっては二十数年前の過去であり、物語はいわば入れ子構造になっている。イタリアの読者は、この捜査の結果として、イタリアで最大の力をもったキリスト教民主党も、同党と多くの連立政権を誕生させたクラクシ書記長率いるイタリア社会党も、消え去ったことを知っている（西側諸国にあって最大の共産党だったイタリア共産党は、前年に名称を変えなくなっていた）。イタリアはもう以前と同じではあり得ない、第一共和制は終わり、第二共和制が始まるのだと言われた時代であった。こうして、激動の「マーニ・プリーテ」のころに思いを馳せながら、読者は、あれだけの大変動があったにもかかわらず、大がかりな汚職事件がなくなることもなく、第二共和制といったところでイタリアの体質が変わったわけではないことを改めて実感する。

現在とのつながりを想起させるしくみはこれだけではない。小説中、既成政党に失望した人々のために「誠実な人間の政党、これまでとは違う政治を語ることのできる市民の政党を考えるべきだ」と言いだすのは出資者の意向を気づかう新聞責任者のシメイだが、ここで読者の頭に浮かぶのは、諸政党が危機に陥り、国民が政党への信頼を失って政界が再編成されるなかで、テレビ出版などのメディアをもつ企業家のシルヴィオ・ベルルスコーニ氏がその資金力と組織力をバックに政治に乗りだしたこと、そして左派勢力に対抗する中道右派の政治家として四度も政権を握ってベルルスコーニ時代を実現させるにいたったことである。姿は見せない「ドマーニ」紙の出資者ヴィメルカーテも、氏を彷彿させる人物である。本書の読者は、「明日起こるかもしれないこと」を伝える意図をもつ「ドマーニ（明日）」紙に現在を読むわけである。

編集会議の内容から浮かび上がってくるジャーナリズムの姿は、イタリアの報道のカリカチュアとも見える。とくに、近年目立つ一現象がとりあげられている。編集部では、どうすれば特定の人物に対して疑惑の目を向けさせることができるかが論議されるが、これはまさに、しばしばイタリアのマスメディアに登場しては世間を騒がせる、「マッキナ・デル・ファンゴ」(泥ぬりのメカニズム)と呼ばれるものである。ここでは、どのようにすれば真実だけを語りつつ特定の人物に疑惑の影を落とすことができるのか、その方法をあたかも実践マニュアルのように見せている。それには、現実に物議を醸した報道の実例を下敷きにしたものもあれば、著者エーコ自身に降りかかったもの(中華料理店で箸を使ってものを食べる怪しげな人物)もある。

また、本書中の編集会議で扱われる言葉遊びやメディア論には、エーコがこれまでに発表してきたものが多く含まれている。なかでも、週刊「エスプレッソ」誌に一九八五年から亡くなる寸前までの長きにわたり連載された「ブックマッチ・メモ」(“La bustina di minerva”)は、ふんだんに引用されている。タイトルは「(そのときどきの思いつきを書き留められる)ブックマッチの見開き」という意味であるが、時世に応じた考察を短く綴った遊び心あふれる時評で、読者に人気の連載であった。それとなく挟み込まれたウィキペディアからの引用も含め、著者の茶目っ気を感じさせるところである。主人公のコロンナも言っている、「(ニュースは)リサイクルすればいい」と。

主人公はまた、客観的情報と見せかけつつ記者の主観を記事に忍び込ませるすべについてのレクチャーを披露するが、これも一九六九年にイタリアのジャーナリズム界に起こった論争を思い出させるものである。エーコが「エスプレッソ」誌に発表した記事が発端となって、当時の有力紙のジャーナリストたちを巻き込み、客観的な情報・報道はあり得るか否かが熱く論じられたのだった。

著者は一九五四年にイタリアでテレビ放送がはじまった時からＲＡＩ（イタリア放送協会）で文化番組のプロデュースに従事し、その後は大学で教鞭をとりながら、メディアについて論じるとともに出版・雑誌・新聞の世界にあって活動してきた。その意味で、本書はイタリアのメディアの世界を知り尽くしたエーコならではの作品と言える。

しかし、メディアのあり方というのは何もイタリアに限られた問題ではない。日本でも、センセーショナルな効果をねらった報道が問題となったり、あるいは公の発表を伝えるだけの報道に疑問が呈されたりしている。ブラッガドーチョほど懐疑的にならなくても、あふれる情報の何を信じ、何を疑うかは、国境を越えて、誰にとっても重要な問題であろう。

もうひとつ、本書で重きが置かれるのは、著者がこれまでにもさまざまな作品中でこだわってきた「記憶」である。人は簡単に記憶を失う。人の記憶はあてにならない。陰謀を追うブラッガドーチョの調査も、忘れ去られた記憶のかけらをつなぎ合わせる作業だった。ブラッガドーチョの調査につきあうことで、読者もムッソリーニの最後の逃避行から戦後へと続くイタリアの現代史をなぞっていく。

思えば戦後のイタリアは数多くの虐殺事件に血塗られた歴史がある。一九六八年の学生運動から、一九六九年の「熱い秋」と言われた労働者運動の高まりを経て社会対立が激化するなか、全国農業銀行が爆破されたフォンターナ広場爆破事件（一九六九年）、列車イタリクス爆破事件（一九七四年）、ボローニャ駅爆破テロ事件（一九八〇年）など十年におよぶ暗黒の時期があり、「鉛の時代」と呼ばれている。多数の犠牲者を出した数々の事件の多くはまだ徹底的には解明されないままである。訳者自身、本書を読みながら、はじめてこれらのテロ事件の存在を知った時の驚きを思い出していた。そして、一九九二年当時はあれほど衝撃を受けたものなのに、今ではもうすっかり記憶が薄れていた……というエピソードをめぐる思いも。

著者が遺した三部からなる短い映像『記憶について』（"Sulla memoria"）を思い出す。ちょうど一年前、ヴェネツィア・ビエンナーレ美術展のイタリア館に展示されたビデオである。ミラノの自宅の書物の迷路（まさに記憶の集積）に私たちを誘いつつ、ウンベルト・エーコはこう言う。「私たちの存在は私たち自身の記憶にほかならない。記憶こそ私たちの魂、記憶を失えば私たちは魂を失う」と。

記憶を失ってはならない、繰り返しこう言い続けたエーコの言葉を、私たちも心にとどめておきたい。

最後に、エーコの小説を訳す機会を与えてくださった河出書房新社、一筋縄ではいかない翻訳作業を細やかにサポートしてくださった編集部の木村由美子さんに心から感謝します。

二〇一六年六月

中山エツコ

文庫版訳者あとがき

『ヌメロ・ゼロ』の刊行から二年を経て、このたび本作が河出文庫に収められることになった。訳者としてはこの上ない喜びである。

ウンベルト・エーコの数え切れないほどの著作のなかで、小説は七作にすぎないが、どれも大部のものである。最後の小説となった『ヌメロ・ゼロ』は、原著も二百ページほどの例外的に短い作品であるが、それゆえに手に取りやすいとも言える。本作の文庫化で、より多くの読者にエーコの作品が届くことを願っている。本書はメディアを、現代を、つねに注意深く読み解き続けてきた著者ならではの、情報社会への警告に満ちた物語であり、真偽の怪しい情報やフェイクニュースが容易に出回る危険性が叫ばれる今、一層今日性を増していると言える。

二〇一六年二月にエーコが他界してからのイタリアは、この巨人の残してくれた遺産の重みを実感しつつも、やはり大きく空いた穴を埋めきれない感がある。事あるごとに、エーコだったらこの状況にどういう言葉を発したか、というつぶやきが聞こえる。その著作は、エーコも創立者の一人となった出版社から今も続々と再刊されつつある。最晩年のエーコが心血そそいで誕生をみた出版社は、エーコ没後のために用意されていた二作（すでに発表された論評を編みなおしたもの）を皮切りに、次々と意欲的な書物を刊行している。

エーコの作品では、これまで刊行物としては発表されていなかった講演を集めた『巨人の肩に乗って』（*Sulle spalle dei giganti*［邦訳は『ウンベルト・エーコの世界文明講義』として、近く刊行される］）が二〇一七年秋に出版され、話題になった。ミラノを中心に行われる文学・音楽・映画・科学（のちにアート・哲学・演劇・権利も加わる）をめぐるラボラトリーとして二〇〇〇年から開かれているイベント「ミラネジアーナ」での、エーコの十二の講演を集めたものである。「先人の知の上に立てばより遠くまで見通せる」という意味のアフォリズムをめぐり、新旧世代の葛藤を古代から現代まで見渡す表題作のほか、「美」、「醜」、「偽り」、「陰謀」など、エーコが扱ってきた幅広いテーマが、学術的な論評とは異なる軽妙なタッチで論じられている。

また、この秋には、『テレビについて』(Sulla televisione) が刊行されることになっている。イタリアでテレビ放送が始まって間もない一九五六年から、社会に対するテレビの影響力が明らかに落ちてきた二〇一五年の間に書かれた、テレビをめぐる論評を、はじめて集めたものである。過去と現代を切り離すことなく語ってきたエーコの著作は、これからも私たちにとってつねに刺激的であり続けることだろう。

最後に、本作の文庫化にあたって、訳文に若干の修正を施したことを記しておく。文庫化を企画し、編集を担当してくださった河出書房新社の島田和俊さんには、たいへんお世話になった。心からお礼申し上げます。

二〇一八年十月

中山エツコ

本書は、二〇一六年九月に小社より刊行された単行本『ヌメロ・ゼロ』を、加筆修正のうえ文庫化したものです。

Umberto Eco:
NUMERO ZERO
Copyright © 2015 Bompiani/RCS Libri S.p.A., Milan
Japanese translation rights arranged with RCS Libri S.p.A., Milan
through Tuttle-Mori Agency, Inc., Tokyo

ヌメロ・ゼロ

二〇一八年一一月一〇日　初版印刷
二〇一八年一一月二〇日　初版発行

著　者　ウンベルト・エーコ
訳　者　中山《なかやま》エツコ

発行者　小野寺優
発行所　株式会社河出書房新社
〒一五一－〇〇五一
東京都渋谷区千駄ヶ谷二－三二－二
電話〇三－三四〇四－八六一一（編集）
〇三－三四〇四－一二〇一（営業）
http://www.kawade.co.jp/

ロゴ・表紙デザイン　粟津潔
本文フォーマット　佐々木暁
本文組版　株式会社キャップス
印刷・製本　凸版印刷株式会社

落丁本・乱丁本はおとりかえいたします。
本書のコピー、スキャン、デジタル化等の無断複製は著作権法上での例外を除き禁じられています。本書を代行業者等の第三者に依頼してスキャンやデジタル化することは、いかなる場合も著作権法違反となります。

Printed in Japan　ISBN978-4-309-46483-1

服従

ミシェル・ウエルベック　大塚桃〔訳〕　46440-4

二〇二二年フランス大統領選で同時多発テロ発生。極右国民戦線のマリーヌ・ルペンと、穏健イスラーム政党党首が決選投票に挑む。世界の激動を予言したベストセラー。

闘争領域の拡大

ミシェル・ウエルベック　中村佳子〔訳〕　46462-6

自由の名の下に、人々が闘争を繰り広げていく現代社会。愛を得られぬ若者二人が出口のない欲望の迷路に陥っていく。現実と欲望の間で引き裂かれる人間の矛盾を真正面から描く著者の小説第一作。

プラットフォーム

ミシェル・ウエルベック　中村佳子〔訳〕　46414-5

「なぜ人生に熱くなれないのだろう？」――圧倒的な虚無を抱えた「僕」は父の死をきっかけに参加したツアー旅行でヴァレリーに出会う。高度資本主義下の愛と絶望をスキャンダラスに描く名作が遂に文庫化。

ある島の可能性

ミシェル・ウエルベック　中村佳子〔訳〕　46417-6

辛口コメディアンのダニエルはカルト教団に遺伝子を託す。2000年後ユーモアや性愛の失われた世界で生き続けるネオ・ヒューマンたち。現代と未来が交互に語られるSF的長篇。

青い脂

ウラジーミル・ソローキン　望月哲男／松下隆志〔訳〕　46424-4

七体の文学クローンが生みだす謎の物質「青脂」。母なる大地と交合するカルト教団が一九五四年のモスクワにこれを送りこみ、スターリン、ヒトラー、フルシチョフらの大争奪戦が始まる。

さすらう者たち

イーユン・リー　篠森ゆりこ〔訳〕　46432-9

文化大革命後の中国。一人の若い女性が政治犯として処刑された。物語はこの事件に否応なく巻き込まれた市井の人々の迷いや苦しみを丹念に紡ぎ、庶民の心を歪めてしまった中国の歴史の闇を描き出す。

死都ゴモラ　世界の裏側を支配する暗黒帝国

ロベルト・サヴィアーノ　大久保昭男〔訳〕　46363-6

凶悪な国際新興マフィアの戦慄的な実態を初めて暴き、強烈な文体で告発するノンフィクション小説！　イタリアで百万部超の大ベストセラー！　佐藤優氏推薦。映画「ゴモラ」の原作。

信仰が人を殺すとき 上

ジョン・クラカワー　佐宗鈴夫〔訳〕　46396-4

「背筋が凍るほどすさまじい傑作」と言われたノンフィクション傑作を文庫化！　一九八四年ユタ州で起きた母子惨殺事件の背景に潜む宗教の闇。「彼らを殺せ」と神が命じた——信仰、そして人間とはなにか？

信仰が人を殺すとき 下

ジョン・クラカワー　佐宗鈴夫〔訳〕　46397-1

「神」の御名のもと、弟の妻とその幼い娘を殺した熱心な信徒、ラファティ兄弟。その背景のモルモン教原理主義をとおし、人間の普遍的感情である信仰の問題をドラマチックに描く傑作。

解剖医ジョン・ハンターの数奇な生涯

ウェンディ・ムーア　矢野真千子〔訳〕　46389-6

『ドリトル先生』や『ジキル博士とハイド氏』のモデルにして近代外科医学の父ハンターは、群を抜いた奇人であった。遺体の盗掘や売買、膨大な標本……その波瀾の生涯を描く傑作！　山形浩生解説。

帰ってきたヒトラー 上

ティムール・ヴェルメシュ　森内薫〔訳〕　46422-0

2015年にドイツで封切られ240万人を動員した本書の映画がついに日本公開！　本国で250万部を売り上げ、42言語に翻訳されたベストセラーの文庫化。現代に甦ったヒトラーが巻き起こす喜劇とは？

帰ってきたヒトラー 下

ティムール・ヴェルメシュ　森内薫〔訳〕　46423-7

ヒトラーが突如、現代に甦った！　抱腹絶倒、危険な笑いで賛否両論を巻き起こした問題作。本書原作の映画がついに日本公開！　本国で250万部を売り上げ、42言語に翻訳されたベストセラーの文庫化。

ピエール・リヴィエール　殺人・狂気・エクリチュール

M·フーコー編著　慎改康之／柵瀬宏平／千條真知子／八幡恵一〔訳〕 46339-1

十九世紀フランスの小さな農村で一人の青年が母、妹、弟を殺害した。青年の手記と事件の考察からなる、フーコー権力論の記念碑的労作であると同時に希有の美しさにみちた名著の新訳。

知の考古学

ミシェル・フーコー　慎改康之〔訳〕 46377-3

あらゆる領域に巨大な影響を与えたフーコーの最も重要な著作を気鋭が42年ぶりに新訳。伝統的な「思想史」と訣別し、歴史の連続性と人間学的思考から解き放たれた「考古学」を開示した記念碑的名著。

言説の領界

ミシェル・フーコー　慎改康之〔訳〕 46404-6

フーコーが一九七〇年におこなった講義録。『言語表現の秩序』を没後三十年を期して四十年ぶりに新訳。言説分析から権力分析への転換をつげてフーコーのみならず現代思想の歴史を変えた重要な書。

アンチ・オイディプス 上・下　資本主義と分裂症

G·ドゥルーズ／F·ガタリ　宇野邦一〔訳〕 46280-6 46281-3

最初の訳から二十年目にして“新訳”で贈るドゥルーズ＝ガタリの歴史的名著。「器官なき身体」から、国家と資本主義をラディカルに批判しつつ、分裂分析へ向かう本書は、いまこそ読みなおされなければならない。

意味の論理学 上・下

ジル・ドゥルーズ　小泉義之〔訳〕 46285-1 46286-8

『差異と反復』から『アンチ・オイディプス』への飛躍を画する哲学者ドゥルーズの主著、渇望の新訳。アリスとアルトーを伴う驚くべき思考の冒険とともにドゥルーズの核心的主題があかされる。

記号と事件　1972−1990年の対話

ジル・ドゥルーズ　宮林寛〔訳〕 46288-2

『アンチ・オイディプス』『千のプラトー』『シネマ』などにふれつつ、哲学の核心、政治などについて自在に語ったドゥルーズの生涯唯一のインタヴュー集成。ドゥルーズ自身によるドゥルーズ入門。

フーコー

ジル・ドゥルーズ　宇野邦一〔訳〕　46294-3

ドゥルーズが盟友への敬愛をこめてまとめたフーコー論の決定版。「知」「権力」「主体化」を指標にフーコーの核心を読みときながら「外」「襞」などドゥルーズ自身の哲学のエッセンスを凝縮させた比類なき名著。

差異と反復　上・下

ジル・ドゥルーズ　財津理〔訳〕　46296-7 46297-4

自ら「はじめて哲学することを試みた」著と語るドゥルーズの最も重要な主著、全人文書ファン待望の文庫化。一義性の哲学によってプラトン以来の哲学を根底から覆し、永遠回帰へと開かれた不滅の名著。

ニーチェと哲学

ジル・ドゥルーズ　江川隆男〔訳〕　46310-0

ニーチェ再評価の烽火となったドゥルーズ初期の代表作、画期的な新訳。ニーチェ哲学を体系的に再構築しつつ、「永遠回帰」を論じ、生成の「肯定の肯定」としてのニーチェ／ドゥルーズの核心をあきらかにする著。

哲学の教科書　ドゥルーズ初期

ジル・ドゥルーズ〔編著〕　加賀野井秀一〔訳注〕　46347-6

高校教師だったドゥルーズが編んだ教科書『本能と制度』と、処女作「キリストからブルジョワジーへ」。これら幻の名著を詳細な訳注によって解説し、ドゥルーズの原点を明らかにする。

ディアローグ　ドゥルーズの思想

G・ドゥルーズ／C・パルネ　江川隆男／増田靖彦〔訳〕　46366-7

『アンチ・オイディプス』『千のプラトー』の間に盟友パルネとともに書かれた七十年代ドゥルーズの思想を凝縮した名著。『千のプラトー』のエッセンスとともにリゾームなどの重要な概念をあきらかにする。

哲学とは何か

G・ドゥルーズ／F・ガタリ　財津理〔訳〕　46375-9

ドゥルーズ＝ガタリ最後の共著。内在平面—概念的人物—哲学地理によって哲学を総括し、哲学—科学—芸術の連関を明らかにする。限りなき生成／創造へと思考を開く絶後の名著。

神の裁きと訣別するため

アントナン・アルトー　宇野邦一／鈴木創士〔訳〕 46275-2

「器官なき身体」をうたうアルトー最後の、そして究極の叫びである表題作、自身の試練のすべてを賭けて「ゴッホは狂人ではなかった」と論じる三十五年目の新訳による「ヴァン・ゴッホ」。激烈な思考を凝縮した二篇。

イデオロギーの崇高な対象

スラヴォイ・ジジェク　鈴木晶〔訳〕 46413-8

現代思想界の奇才が英語で書いた最初の書物にして主著、待望の文庫化。難解で知られるラカン理論の可能性を根源から押し広げてみせ、全世界に衝撃を与えた。

ロベスピエール／毛沢東　革命とテロル

スラヴォイ・ジジェク　長原豊／松本潤一郎〔訳〕 46304-9

悪名たかきロベスピエールと毛沢東をあえて復活させて最も危険な思想家が〈現在〉に介入する。あらゆる言説を批判しつつ、政治／思想を反転させるジジェクのエッセンス。独自の編集による文庫オリジナル。

ベンヤミン・アンソロジー

ヴァルター・ベンヤミン　山口裕之〔編訳〕 46348-3

危機の時代にこそ読まれるべき思想家ベンヤミンの精髄を最新の研究をふまえて気鋭が全面的に新訳。重要なテクストを一冊に凝縮、その繊細にしてアクチュアルな思考の核心にせまる。

喜ばしき知恵

フリードリヒ・ニーチェ　村井則夫〔訳〕 46379-7

ニーチェの最も美しく、最も重要な著書が冷徹にして流麗な日本語によってよみがえる。「神は死んだ」と宣言しつつ永遠回帰の思想をはじめてあきらかにしたニーチェ哲学の中核をなす大いなる肯定の書。

有罪者

ジョルジュ・バタイユ　江澤健一郎〔訳〕 46457-2

夜の思想家バタイユの代表作である破格の書物が五〇年目に新訳で復活。鋭利な文体と最新研究をふまえた膨大な訳注でよみがえるおそるべき断章群が神なき神秘を到来させる。

著訳者名の後の数字はISBNコードです。頭に「978-4-309」を付け、お近くの書店にてご注文下さい。